人民文学出版社

时代文艺出版社
SHIDAI WENYI CHUBANSHE

天天出版社

秋天

胡冬林 著

走在长白山的落叶中

自然的馈赠

头茬榛蘑下来，我买了一斤当晚饭吃，加玉米两根。

雨淋淋的森林，蘑菇晶莹剔透，格外好看，也格外茁壮。重游白龙电站上方森林的水泡子一带，又有些新蘑菇钻出地面，一样样地拍照，观察，记名字。最美丽的是橘红光柄菇，但是现在还太小，黑耳也很有特色。

今天见到的新菌类有桦革裥（jiǎn）菌、金钱菌、花脸香蘑、大孢子粉滑菌（有毒）、细座虫草（生于蝙蝠蛾等幼虫体上）、褐云斑鹅膏、红汁乳菇、黑耳（有毒）、乳牛肝菌、灰鹅膏、霉状奥德蘑、毛杯盘菌、盘菌、干酪菌、大韧革菌、橘红光柄菇、血红小菇、脑状层腹菌、革盖菌、盔小菇、虎耳乳牛肝、微细小菇、烟管菌、橙黄疣柄牛肝菌。

黄昏时路过合协旅店前面的河，见众多白鹡鸰聚集在约八十米长的对岸树丛中。有的歇在枝头，有的在水边鸣叫，旁边一个大树丛则传来麻雀们的喧噪，两家做起邻居来了。细想它们两帮在取食、活动地域及生活习性上并不冲突，毗邻而居再正常不过。麻雀社会性很强，抱团，鹡鸰们显然为了迁徙临时纠集在一起。奇怪的是大多是黑白两色的白鹡鸰，几乎看不到灰鹡鸰的影子。我靠近岸边，对岸的它们并不惊慌，显然在黄昏的光线中它们白天锐利的眼神差了许多。有一辆空载的重型货车驶过，在马路凹陷处颠簸一下，发出哐当大响，一群鹡鸰被惊飞，飞往山林方向，另有三分之二的鹡鸰仍留在原地，麻雀们则一点未受影响。我因此知道，在它们的聚会中，有来自山中小溪边的"山里人"和镇里湿地的"城里人"。"山里人"忽遭惊吓仓皇飞离，"城里人"则镇定自若，早已习惯人类世界的各种噪声，包括突发的可怕声响。

沿河岸走走停停，看它们泛白的小身影栖在柳枝间，听它们的悦耳吵闹和喋喋不休，呼朋唤友，叫爹喊儿的，很有乐趣。以后几天该常来看看，通过这样的集群迁徙前的预兆能观察到一些可贵的现象就太好了。

好大一坨灰树花

今天采到一坨七斤多的灰树花。

看到时，它沉静地卧在地上，不动声色，呈泥土色，毫不显眼却又让人过目即被打动。脑中惊喜一瞬，马上判断出它是灰树花！昨晚电视中还看到在讲养殖灰树花的技术呢！我吸一口气，刚要喊，王老师已喊出："灰树花！"我也惊叫出声，两声惊叫几乎只差 0.1 秒。我们兴奋地围着它打转，然后拍照，几次欲采不能，在想与它合影的点子，又趴下闻它的气味，又绕树转圈找最佳角度。又惊喜地发现另一坨小一些的灰树花，我拍完片子不忍心下手，便请王老师动手，他的刀子长且有采割经验。果然，他三两下就割了下来，完完整整的一大坨，一点未伤到包裹球茎的层层花瓣般的肉扇。两年来苦苦寻觅，没想到骤然闯入眼中，何等幸运！

另一个收获是听王老师讲一株近三百岁的老橡树，胸径一米多，高二十三米以上，在一次强劲的山风中被刮倒。头一年什么也没长，第二年它在沉淀和酝酿，第三年开始同时长出香菇、冻蘑。王老师每年秋季都来守着它，整整采了十年。香菇基本长在根部，中上段长冻蘑。香菇数量多少不等，每次都有两三斤，冻蘑则一采就是百余斤（冻蘑湿漉漉的，压秤）。十二三年过去，树没劲了，营养成分越来越少，依旧生长少量香菇，冻蘑已不再生长，但还会生长其他腐生性蘑菇。再往后，它将一点点被分解，回归土壤，在它的身上会长出数株排列成行的其他树木……这是"树木的一生"的结尾，倒下后三十年至四十年的缓慢变化。王老师体谅并支持我在这方面的创作，尊重并理解我的选择，而且认识得很到位，在这方面甚至比许多作家有见地。

　　研究菌类的专家必须同各种倒木打交道，必须跟踪一棵大树从倒下那一刻起直至完全腐烂分解的变化进程，他们是倒木的守望者和陪伴它走完最后旅途的朋友和伙伴。一年当中的5月到10月，他们总要常来看望，并记录它身上生长的菌类数量和种类，直至它入土为安。今天王老师特意带我到这棵大橡树倒木身边，再一次看望它并讲述它倒下后的历史……

倒木又是松鼠、花栗鼠剥坚果的餐台，紫貂常来常往的通道，同时也是餐桌，还是各种昆虫的栖身之所，各种树种的扎根之地。

这篇散文《树木的一生》简直呼之欲出了！

日本亮耳在海拔高一些的森林里长得格外大，也常见，而且这里有些半朽的树干上长满各种菌类，像一株没有绿叶的树皮却仍在开花的树。

王老师采一堆小榛蘑菇头，我采一堆金乳牛肝菌，晚餐又有好蘑菇吃了。

顺利买到回长春的车票，并把灰树花装篓，还买了三斤鲜榛蘑一起带回。今年秋天收获真大，这是个积累和付出劳动后的收获过程。

9月7日

自然与文明

今天想到一句话——人类原本与自然是融为一体的，可是随着人类越来越丰富自身的文明，便离自然越来越远，并且反过来掠夺和破坏自然，造成自然界奄奄一息的境况。如果文明被进化到这种程度，那么这文明就是一个有缺陷且不完美的文明，人类必须及时认识并修正和补救自己的错误才对。那些坚持毁坏自然、主张把人类的一切行动凌驾于自然之上的人，无论观点还是做法都是大错特错的。

金色白桦林

秋天鸟类也照样很活跃，出门即在前年遇见翠鸟的地方又见到一只翠鸟飞走进入树丛。去了白桦林的星鸦领地，老伙计不在，一只雌小星头啄木鸟飞来飞去取食。凑近去拍了照片，小家伙不甚畏人，发出"啦——啦——"的轻鸣，细听还带出"喳"音，可惜后来找不见它，不然还可拍几张更理想的。柳莺成小群，"居——依——，居——依——"地叫，一群"啾啾啾"大声鸣叫的鸟儿飞过头顶，还有一只燕隼飞掠过去。大批燕子走了，少许仍在飞旋觅食。这段黄金时间鸟儿们都忙着吃饱吃胖，准备不久的将来过冬或迁徙。但树叶没有落光所以拍不到，甚至看不到。

近中午时在金黄色树冠的白桦林中行走与静坐，心情也似金色的秋天一般妙不可言……四年前决定来长白山，现在已离不开这里，越来越感受到森林的美好。只有躲开人世间的干扰，到森林里心灵才会真正安宁。

夜访鬼笔蛋

昨夜睡晚，想早睡但没法子早睡，早上又被邻居的拍门声惊醒，以为有人来。刚开机王老师就打电话来约上山，我匆匆赶去，结果看见鬼笔怒放，兴奋得直蹦，才有了今晚冒雨彻夜观察鬼笔蛋的行动。

快7点我才出发，天已黑透，过了独木桥有三条小道，结果走错，累得双臂发抖。反复两次折回重走，找到大斜倒木，又走远了，再回来，先支帐篷避雨。雨小些后打电话给王老师，问清大概方位后出帐篷往回走，终于找到鬼笔群。迎头即见一排白天未发现的白如霜雪的鬼笔蛋静静安卧在倒木下，不由大喜。由于我的粗心，原始林先给我一点教训，然后给我惊喜：又行数步，便不敢迈步，前后左右全是新拱出来的洁白如雪的鬼笔蛋！我陷入了它们的包围圈——鬼笔蛋群阵！

随即找到白天看见的那堆怒放的鬼笔，而那支在坡上的另外半截鬼笔已成熟伏倒，头顶的墨绿孢子汁已被昆虫们扫荡干净。有两个白天即将升起笔端的蛋已不见，变成两支大笔，其中一支粗柄如莹莹白雪俊朗而立，晶莹泛光，银白剔透。一群似千足虫那样的柔虫盘曲其头端，吸吮绿汁。它们比千足虫细一些，黑一些，足纤细如毛。而另一群集聚在刚露头的破壳之蛋端，像一群预告绽放的小先知！

夜里11点半时雨渐停，但双膝以下已湿凉，有困意。

原来帐篷漏雨，又倒洒了咖啡，趴在篷布上啜吸几口，凉意已透数层衣物，尤其双膝渐渐湿冷。

帐篷门前四只鬼笔蛋和一支新笔在灯光下熠熠生辉。

等待一年了，从去年的9月初至今，一直想把这段描写鬼笔的文字当作这篇散文的华彩乐章奉献给读者，如今终于如愿！

家人发短信过来时我正在外面守望一颗刚刚拱出腐木的鬼笔蛋，忽听五米外有短信铃声，抬头看去，我的帐篷内手机闪亮，使整个帐篷忽放微弱荧光，真如一颗大鬼笔蛋在黑夜里暗暗发光，而且是淡淡的银白色微影，那么，这颗蛋里即将怒放的笔就是我了！

晚上10点半粗哑的松鸦叫声，11点有林鸮"恨呼恨呼"的叫声，可能是雕鸮。快11点时雨停，但有零星雨点，开始冷了。

午夜又一次外出巡视时看见了小鲵！不知是哪一种，身上油亮有花纹，间微红纹，赶快回来记下此事！还看见一对长细腿蜘蛛在交配，小的是雄蛛，在雌蛛身上颠来倒去地爬。

帐篷里第一个客人是一只双翅宝石绿的夜蛾，蜘蛛般大小。之后客人渐渐多起来，有苍蝇、赤眼蜂、大蚊、白蛾、黄蛾、蜉蝣类飞虫及各种小飞虫，奔亮光来并且取暖。

这一趟下来，鬼笔堆那支新笔已长成完全盔头，颈柄已见。现在看来，鬼笔的生长可以小时计，每小时长大约一厘米！速度很快，而且总有新鬼笔蛋一个个冒出来，以致下脚都有些困难，万千小心，生怕踩着一个珍贵的蛋。

9 月 12 日

森林生活感触

去久违了的寒葱沟，还是喜欢这条沟，林中小路铺满陈年落叶走起来脚掌舒服，真想一个劲儿地往里钻，钻到从未去过的地方，看看动物，开开眼界，至少能走去八里甸子和纯红松林的林子里去。

眼前都是熟悉的小路，树林倒木与河汊，从现在开始，可以从秋叶正红一直走到大雪封山时。

今天总结一下我体验生活前后的一些感触和要点：

一、人得工作或者说劳动，不能整天想着如何保命长寿，只要把运动与伏案写作结合起来，合理安排即可。人得学习、工作、干自己拿手的活计，也可以说是一门手艺或独门绝技。

二、为实现儿时的理想不停地走下去，坚持下去，这种坚持源于实现理想的决心。

三、要有信念，为自己也为国人，保护生态环境，保护野生动物，为中国的生态做出个人的贡献。唤醒国人，教育下一代，尽量写出好文章流传下去，感动、感染更多的人。

四、满足兴趣和爱好，乐在其中。享受读书的快乐，终生保持此种习惯。保持乐观情绪和健康的身心，每一天都有收获。

五、帮助动物，良心得安，这也是一个普通人的选择。

燕子的飞舞

王老师有事，我独自去二道林场和奶头河上游小坝，见识到了某些人的无法无天，竟然在一块没有审批的林地上大兴土木，横挑竖撅，建立起一块面积不小的镇子规模，而且开始吆喝售卖已建起框子的五栋楼房。将来他们还要继续扩展，建高尔夫练习场，砍那四百亩树林。

我坐在已辟为大道的"魔界"旁边，久久观看燕子旋转飞翔（燕子的空中舞会）。有一只在我脑后叫道："哩——"有如少女撒娇般的婉转鸣叫，还有一只在我耳侧扇动翅膀，噗噗有风。更有一只淘气的燕子开玩笑似的追赶前面的灰鹊鸰，对方飞得慢且有忽扇忽扇的飞行姿态，两翅便被追上，只好低飞降落，才躲过追赶。

燕子真多，一忽儿聚成大群在天际边叫边飞舞撒欢，一忽儿降至水面上空，盘旋环舞。它们多是当年的小燕，身姿秀逸苗条，尾端大大地叉开，两叉有尖锋，连接两叉的是一扇带黑点的宽宽薄羽。全身乌黑透蓝，颔下有大块浅棕色圆斑，腹下乳灰白色，双目滚圆凸出，像黑珍珠炯炯生光。见它们点水、低徊、抖翅悬停，发出一种"喈喈"的鸣叫，似是联络音，却未见它们捕食飞虫蚊蝇。有单只的红尾蜻蜓和恋在一起成对的青蜻蜓在它们眼前飞飞停停，以它们矫捷的身手极易兜捕，却无一燕下嘴，故而怀疑它们的这种聚群飞舞是一种兴奋的聚会——从高空中无数燕子的鸣叫，忽上忽下的飞舞可见一斑。

燕子要走了，这是它们互相召唤、熟悉、相识、联络、鼓励、感染，在天冷前进行远行的准备，一个行前动员的空中舞会。果然，晚上看电视，东北降温四摄氏度至六摄氏度，吉林省东部有霜冻。

在大泉河倾听一阵阵风声吹过，一颗颗橡子落入水潭中，这声音我是第一次听到，和石子、水果落入水中的声音不同，发出一阵"啵啵"声。岸边枫叶已红，曲柳叶黄，倒映在碧水中，令人眼前一亮。

大口大口吃熟透的山葡萄，酸劲少一些，可还是酸，若经霜后应该更甜凉一些。今年可尝到经霜后的山葡萄，还有糖丁子、茶藨子、稠李子等浆果。已尝过真正的高山越橘了，今年各种浆果丰收，抓住机会替我书中的动物朋友们尝尝。

去大水池，有一群野鸭惊起，同时惊起一只大鹰，它在那些飞蹿的野鸭上空往同一方向飞遁，似在准备下扑抓鸭。一直盯着它看，结果它径直飞走。岸边水泥台上有一根半紫貂粪，比见过的粗，难道是水獭的粪吗？几乎每次来这个地方都有粪便，可能真有水獭，而且这里是它的领地，它一直在这做领地标记。以后找彦子来看看，如果真是水獭就太好了。

沿岸边小路走走，有斑鸫惊叫，看见鸟影。出来时又见到一只鹰，这只小一些。来时在针叶林中还看见一只榛鸡，在路边看见一只鹌鹑、一只白腰草鹬。

来回都走路，很累，但双腿有力。有数棵山丁子树，红彤彤的满树深红的小浆果，市场上也有卖的。回想上次是在夏雨中坐在水泥台边，滑入一种思索，今天则秋高气爽，阳光普照。这里是个宁静的地方，喜欢来这个小天地。这地方春夏秋冬我都来过，鸟儿明显比原始林多，由于有水塘，有小河，植被也不错，靠近大路且十分幽静，一辈子在这么个小湖畔有间小屋，生活会很舒坦。试着沿湖畔走一圈，不行，湖畔小路已被人埋下捕蛤蟆的网。昨天在保护区里也看见捕网，到处都能看见人们想发财的痕迹。

越来越离不开宁静的自然。

秋天的缤纷落叶

任什么样的画笔也画不出藕荷色、浅粉色、老浅紫色的秋叶，它们深浅不一，毫不惹眼地静静挂在林下小灌木上。那些槭树枫叶真红啊，有浅红、火红和深红的，还有深橙和浅橙的，将来要学会辨识清楚，它们都属于哪一种槭树。

林中最大张的红叶是老红色或绛红色的葡萄叶，它们已经从藤上落下，一大张一大张静静地躺在地上，似一只只老旧的红色浅碟子，让人不由得产生一种想把它们带回家的冲动。白桦叶只剩下树顶的一小蓬金黄，明艳夺目；黄波椤叶亦如此，不过它的叶张更大，叶片凋落得更多；水冬瓜叶片也很大，深紫蓝色，水分保持得较多，泛出油亮的光彩，叶脉似龙骨，两边分布一个个变干前的凹窝，整张叶片微凹似一只小船；悬钩子叶呈现殷红的血色，开始长出枯斑，沉甸甸地垂着在枝杈上，等待即将到来的飘零……

林中小径上铺满各种新鲜落叶，橡树、杨树、槭树、桦树以及各种灌木的叶子，由于昨天下过小雨，叶子还湿润着，把以往在晴朗的阳光下散发出的好闻的落叶干爽气息全部掩盖掉了。

　　我又匆匆行走在熟悉的林中小路上，虽然刚离开不久，便已过了一季，满山的绚烂秋叶也进入了中后期，连坚韧的橡树叶子都已枯干萎黄，失去了最光彩的颜色，而深山里的秋叶可能枯萎得更甚，因为夜晚更寒凉。

　　秋水格外清澈，河溪边树木绚烂的秋叶被秋水映着润着，显得更加鲜艳。林中倒木上发现一片半干半卷的地茸皮，如果采回家用水泡开一定可以食用。

　　走进林深处，先是看见数只黄喉鹀的小群，再往前走又听见数只松鸦的吵闹，听那稚嫩的声音，是当年新生的少年松鸦，它们五六只聚在一起大声抗议我的入侵。我正在学它们的鸣叫时，我又看见一只榛鸡扑棱飞上了树梢，我连忙追上去找，又被一群大山雀包围，大概有三十只几乎清一色的大山雀，多为年轻的新生代。它们大声鸣叫着，同时还发出联络音。胆大的几只进逼到我身边的树上，前后左右上下都见到它们黑白分明圆滚滚的身影。

这些胆大包天的小家伙把我当成了入侵之敌，一声招呼便包围上来，发出阵阵驱赶声。仔细观看，只有两只沼泽山雀和还没有飞走的几只柳莺混迹其中，其他全是当年的大山雀。它们个个身强体壮，不停地鸣叫着，在我身边的树枝上蹿上跳下，像在比谁更胆大，一直往前逼近，几乎把我团团包围。它们的头冠发出黑亮亮的光辉，不时闪过一抹银光，颌下又黑又粗的领带直通腹下，将圆鼓鼓的洁白胸部一分为二。今年是森林的大丰收年，小家伙们个个吃得浑圆健壮。

处在这些健康勇敢机灵活泼的小鸟阵中，听着它们不间断的鸣叫，我不禁想：人类何时能与林中的鸟儿像一家人似的和睦相处，那便是野生鸟类最快活的日子了。但眼下，虽然我们的距离如此之近，却呈现出一派水火不容的敌对态势，鸟儿们的鸣叫也充满敌意，只不过它们身体太小，没办法与我相斗，才没有扑到我身上展开攻击。人与野生动物若想成为一家，要靠人类自身的醒悟，并主动向它们表达善意，经过漫长的努力才有可能实现，而人类走到这一步还有很遥远的路程。

9 月 20 日

与狐狸对叫

傍晚上山时，听河对面的树林里传来"嗜—嗜—嗜—"的高叫，直觉认为这是公狐驱赶侵犯领地的外来公狐的尖厉叫声。然后传来低低的气恼吠叫，像小狗，但小狗绝不会这么有节制，音压得很低，"汪"与"嗷"的混音，低吠一声连一声。我亦低吠作答，并蹲在草丛后，它似乎嗅不到我，但听见我在小道上轻轻的脚步声。它可能以为是狍子或同类，便发出叫声驱赶，没想到我学狐狸叫蒙住了它，以为是另一只进入领地的公狐，便开始威吓性吠叫。我的回叫激怒了它，它开始采取行动，步步进逼过来。听得出它很生气，一心想与我对抗，坚决保卫领地。

这时天已完全黑了，只能看清对面黑暗的树丛有几张发白的黄叶子。树丛中，它冲过来的速度很快，能听见它穿行在草木中的声音，还能听见它驻足聆听的声音。有一刻，它肯定跟我在黑暗中隔河相望，我知道它在那儿，紧张专注地聆听和注视着我，我却很放松地揣摩它的心思并用红烟头在黑夜中画圈来吓唬它。它一动不动，我以为面前那一蓬白花花的叶子是它的嘴脸，便一直盯着那里看，结果不是。我还等待草丛中亮起一双幽绿的小灯，也没有，我知道我的耐心远不及它，况且这还是它的国度，它的地盘，我只是个匆匆过客而已。等了半个小时，我起身离去，尽可能小心和不发出声音。默默无声地走了五六分钟，又听见它像小狗似的吠叫，低沉，音质有杂音且有些小心翼翼，似乎是狐狸世界的约定："只有你知我知，我们的声音交流，别让其他天敌听到。"我亦学吠叫应答。于是，它在河对岸的密林中与我相隔二十多米处行走，我在河渠边的山路上边走边叫。我们并列而行，好像在互相用狐狸世界的语言吠叫着，斥骂着，并行了七百米，渐渐接近了水闸……

忽然，公路上传来了"汪汪"的真正狗叫，低沉而有力，非常粗壮，一听就知道是只体形超大的憨狗，可能有人在环区公路上遛狗。狗耳朵当然灵，与狐同属犬科，能听懂它叫声中的威胁驱赶之意，同时包括愤愤的怒声，大狗立刻被激怒，大声吼叫起来。

狐听见狗叫，知道劲敌加入，且意识到自己已经到了人类的地界，立刻噤声，犹豫一下之后，反身往回跑了。

我亦继续前行，出林子后带狗人已走远。

这段四十分钟左右的经历真好，真生动，真精彩，亦真及时！

我到了水渠的水泥台折返后听见狐叫，之前在去时还听见路边的河中扑棱一声，一只水獭入水，那时天未黑透，我向前方边走边找，前方应该有两只水獭，结果它可能顺流往下去了，我没有看到。

这两天树叶掉得很多，路边有几株杨树叶已基本掉光，晚上不太冷，白天的秋意中渗入些水边的凉气。有灰松鼠从路边蹿入倒木堆，还有小小的鸮鸟飞入林中。由于林下木叶子几乎掉光，树冠下部叶子也掉落一些，林子里疏朗多了，许多鸟影可看见。同样，以后看见这只狐狸的概率将愈来愈高，下雪后还可以跟踪它的脚印，也可能看见冬天的红色狐影。

今天收获可真大呀，夜晚是动物的世界，以后黄昏及晚上多在山上听听动物的叫声吧，会有更多收获的。之前的鸮叫已是惊艳，今年又闻狐鸣，多好啊！

大树与小鸟的合唱

终于上山，蘑菇的生长已近尾声，榛蘑今年又大又干爽又好，头茬已过，二茬将很少。冻蘑也过了一轮，但它还可以生长一段时间。采到两斤多好冻蘑，全是干干净净的小蘑菇伞。猪苓蘑还有，一大朵一大朵的。今年收山，蘑菇、榛子、松子、核桃都有不少，再等等看圆枣子和山梨咋样，越橘也还有呢。

林子里一派秋天景象，一阵风过，落叶飘飘洒洒，橡、枫、楸、榆、杨、水曲柳、椴，各种叶子一齐下落，因形状不同有快有慢，有飘有坠，有旋有荡。颜色有黄有红，有橙有褐，有灰有绿，形状各异，破损程度不同，和着风声发出"哗哗沙沙"的声音。

一直在读《鸟儿为什么歌唱》，好书且正是时候。中国还翻译了多少这样的好书呢？搜到手是幸运，没找到的还有多少啊。父亲一直期望我读的就是这样的书，他晚年在病榻上一直在很有限地阅读报刊，发现这类书就推荐给我，去世前的几年已成他的习惯。我小时候和我找到写作路子这两个阶段，父亲一直在帮我，推我，影响我。

　　各种鸟儿纷纷下到林缘来了。看到了银喉长尾山雀、蓝大胆、大山雀、一只嘀嘀啦啦哑脖子的小蚁䴕和四五只集群的绿啄木鸟。上山和下山分别碰见两群寻食的鸟，它们在早上 8 点和中午 12 点两个时间点觅食，同时还在以叫声联络并有歌鸣传来。后悔未带望远镜。以后上山蘑菇少了，我的主要活动可能转到观鸟听鸟上来。几天来未见到黄鹡鸰，大群已迁徙，只剩下小部队，燕子也是如此，少多了。林子里总有鸟鸣和松塔落地的声音传来，再就是无穷无尽的落叶发出的沙沙声。

9 月 23 日

一场秋雨

昨夜雨，今晨大晴。天蓝得无一丝云彩，有冷冷的西风。

9 点上山，地面潮，秋叶的淡淡的香味弥漫在空气中。在暖洋洋的干爽午后，这香气就变得相当浓烈。似乎没过多久，6 月初到处洋溢的花香和湿润的绿叶香气就被干燥的秋叶香气代替了。杨树叶已落光，枫叶极红，核桃楸叶鲜黄，柞树和椴树叶仍是绿色。灌木变化最大，荚蒾肥厚的叶已掉光，只剩殷红闪亮饱含浓汁的浆果。果实里的汁稠得几乎半干，以至于果皮都有些皱缩。

未见大的觅食鸟群，瞥见柳莺纤巧的身影和小绒团似的绣眼鸟一只。黄昏前在一块山上湿地边还见到一只镰翅水鸡挥舞狭细的弯刀一样的深灰色翅翼。听见颤巍巍的柳莺鸣叫，但找不见鸟影，叶子还太多。山葡萄叶残破紫红，仍流连在藤蔓上。行走在这样的空气中，这样的秋色里，感到一阵阵欣喜袭上心头。今天又发现了一处观鸟的地方，可观高山湿地中的鸟。

百年红松林

等待鬼笔从蛋里拱出来的那一夜，是我林中夜宿唯一一次雨夜。也由于这场雨，让我有巨大收获——我目睹了极为珍稀的两栖类动物爪鲵的奇特形态。

二百五十岁的红松林，永远弥漫着宁静庄严的气氛，无论春夏秋冬。我那点滴、缓慢、严格的写作生命，有幸与红松林持久累积、承吸天地精华的结籽年份暗合：三年一小收，五年一大收。所以年过半百的我把红松林视为众多深沉无语、饱经沧桑的父兄，只有在红松林中，我才能远离利欲熏心、目光短浅的现实世界，得到真正的内心清静与灵魂的慰藉。

昨夜失眠，2点多吃了药才睡，快9点方起，换煤气罐，晾蘑菇，11点去湖畔。那里现在有小鸟的混合群，有山丁子红果累累的树木，有宁静碧透的一泓绿水，有沙沙作响的林中小径，有透明清爽的空气，有跃入空中的褐色水鸡，有浓绿如密发的大团水草，有蠕蠕而行的石蛾幼虫，有叨叨啄木的小鸭……来回约六公里，疲乏并惬意。腰仍不适，下午颇热，在水边吹着秋风感受凉意，清凉树荫令人神清气爽。

上山捡松塔

今天在山中见一群花尾榛鸡起飞，三四只，尾巴呈宽矛头状，逆光的阳光映透尾羽，发出棕红色光彩。原来野鸡也会报警，前方远远地有野鸡叫，似乎在说前面有人惊扰了它，它气恼地宣布占有领地权利——果然有一对夫妻在前面采蘑菇。

捡十几个刚跌落下来的松塔，里面的松子松香浓郁又潮润，饱满且香气袭人。橡子大批落地，熟透的呈老褐色，油亮有光，野猪这下子有吃的了。见一只隔年的野猪窝，才知它们在针叶林疏朗处也会搭窝。

蘑菇非常少，被采得太干净了。去年那株生二十多斤冻蘑的椴树已被人采过，好歹凑了八两多的蘑菇，回家做汤。有香菇、榛蘑、冻蘑、榆黄蘑、刺儿蘑五种。

海拔八百米以上的枫叶已大量凋落，满地红色半干半湿的枫叶，很美。枫叶呈红黄绿不同颜色，有的已经红透，家附近就有。椴树叶由于树长得矮，还保持半绿染黄的状态。桦树叶快落光了，捧一捧闻闻，起初有股潮味，然后有淡淡的苦味，真味道要等一小会儿才散发出来。忘记闻落地的枫叶味道了。

在山上吃饭，又在横入河中的倒木上歇会儿。湍急的河水震荡倒木，像发生了地震一样，整棵大树都在抖动。去年入冬时这棵树上长满了绿油油的乌苏里瓦韦，今年不见一丁点儿踪迹，只有几丛干透了的库恩菇，天太旱的缘故。二道水渠放干维修，水都涌入二道白河主河床，水一下子大了不少。见三五只林蛙在河道底蹿动，很肥大。有只白腰草鹬就在不远处，它们早晚会落入这只目光锐利的鸟儿嘴里，鹬是蛙类的克星。

天真凉了，山里风虽不大，但却吹透衣衫感觉到凉意，今晚怕要降温。

独自一人时耳根清净，上山也听到许多声响和鸟鸣。

渐渐习惯了山上的声音，像到了自己家里一样。走出蛇谷石崖下的曲折地段，进入倒木纵横、河汉曲折、地形复杂又吸引人的那段路，蓦地听见褐河乌刺耳沙哑的惶急报警声，或许还夹杂受惊的含意。我的老熟人，去年秋冬都曾在这里与它相遇，还拍过它的照片。背影

极美，鸟儿很小。它与另一只是一对，平时分开居住，彼此思念了，就聚到一起。今年春天也曾看见它在水边的一片灌木丛中的隐身处出来，在一串礁石间上上下下地忙碌，忽而跑上礁石，忽而钻入水中，急匆匆地寻找食物。又隔几天，我在河边的树墩书桌上写作时，它边叫边飞，匆匆飞往下游寻食。路过我身边时，忽然停了下来，悬停在空中，仔细而好奇地打量我。当时它身上闪动着蓝水晶那样的光彩。接着又一只飞了来，仍旧重复前一只同样的动作，这时我才意识到，哎呀，那不是我的老朋友褐河乌吗？

今天上午还闯入灰松鼠工作的地盘，打断它勤勉贪婪的工作，一下子发现六七颗大松塔，有的像被一种巨力给捶松拉散了，每个紧紧粘贴的瓣囊都被拽开，里面储藏的松子也不见了，有的刚刚被取出几粒，有的则啃开并取走了一半，这显然是它的工作场。它把附近掉落地上的松塔聚拢到一起，在这里集中工作，飞快地打开每个黏黏的溢满松脂的储藏室，把松子取出含在颊囊里，贮满颊囊后跑回树洞里，放在大堆上。

我取出了三十几个松子走后，在前方不远处发现一堆被折叠成一瓣一瓣的松塔残片。我这才明白，我们打扰了灰松鼠的工作，这小家伙正在为越冬的高级食品忙碌。当地人说，最大的红松三个人互相拉着手才搂得过来。有人细细数过纹路，约五百年以上。有人遇到一棵这样的大树，三个杈子，每个杈子都有中缸那么粗，整棵树可以出两千二百多个塔子，地上铺了厚厚的一层。真正的大松塔往往不长在大树上，一搂粗的红松顶上有七八个大塔，每个里面都有松子二十多个。

今天分别走过三段落叶铺就的松软舒适的林中小径，有杨树叶路、桦树叶路和红彤彤的枫树叶路，好奢侈！

与啄木鸟的较量

在长白山住得愈久，我的耳蜗愈干净，愈能分辨各种细微的自然音响，离人类制造的乱七八糟的噪声越来越远。耳根已适应原始森林中的各种音响，甚至做梦也梦到森林中的事物（前几天还梦见蘑菇），这样一来，便发觉不习惯城市且反感城市里太多的广告、车流、人群和空气。上次回长春更明显，总在不由自主找一块像森林的地方或是森林的替代物——公园，这种变化今年尤为明显。到了这一步就得认认真真地做一个选择，今后的生活如何安排？这个冬天怎么过？

今天读毕《鸟儿为什么歌唱》，竟不知作者是谁。译者未直译作者姓名，用手写体的英文代替。书真好，也来得正是时候，搜到它真是幸运。这种好书若一年能搜到十二本，一个月享受一本，阅读时间长达一年，享受一整年，那该是多美的事。

读毕的这一天，上后山没走多远，便看见一只绿啄木鸟，它正在啄食红彤彤的鸡树条荚蒾果实，被我惊飞。飞至五六米处，躲在树丛中抻长脖子看我或等我走过去，不想我站住，用望远镜观察它。它侧着头，仰脸朝天，一只尖尖的黑硬喙举直像个木桩。它斜着头看我，那眼睛带点愁苦神色。我俩对视，一动不动，互相都在等待对方先动。这时远处传来一句鸟歌，我立即吹口哨应和，它听了一愣，马上更加聚精会神地看着我。我一句接一句吹下去，它左右扭头，竭力想看得更清楚些。口哨声像定身法，把它牢牢定在原地。我觉得它在努力分辨这声音到底是敌是友，是人是鸟儿。若是鸟儿，便是它经验中无须躲避的朋友，它不必躲避。若不是鸟儿，因为它看到了我的人形轮廓，当然是敌，它必须小心提防。敌一动，它必动。然而这个大个的"敌"却发出"鸟鸣"，这令它十分迷惑，一时有些无所适从，所以它才想看个究竟。而我也因为受了那本书的影响，一心指望这个"哑巴"开口，像书中的琴鸟那样来个人鸟儿对歌。我便专心打口哨吹得自认为十分婉转动听，而且尽量做到更逼真更像鸟声。结果它依旧不屈不挠地耐心重复着之前的动作，反反复复地偷窥着我。

这种耐心的较量，我的付出更多一些：由于卖力地吹口哨，导致腮帮子酸胀，唾液损失较多；双手举望远镜过久，胳膊酸痛；眼睛死盯一个隐匿在众多各色树叶中的局部太久，几乎辨不清黄绿色目标产生的眼疲劳……结果——我先动了，缓慢地向右向下动，想通过枝叶的空隙看得更清楚些。果然，看得清楚多了。好，再动一点，可能看得更多一些，甚至它的整个身体、轮廓和站立的姿态。扑棱，它飞走了，又飞出七八米，栖落在更深更密的树丛中，完全隐藏起来。要想再看见它，必须钻进茂密的树丛，而且必定会惊动它。无奈，在这场比耐力的较量中，败下阵来的我，只好讪讪地离去。本来已经很不礼貌地打扰人家好一会儿了，该给自己找个台阶下，同时也用行动向人家道个歉。

安详的宁静

许多冷血动物在光线差和低温的早晚行动反应均迟缓，如蜻蜓在早上和黄昏易被燕隼捉到，依此类推如三宝鸟和众多食虫鸟。

最适宜紫貂生存的季节是春秋两季，春有鸟蛋可偷，秋有当年出生、无生存经验的小鼠可捕捉。夏季亦好些，有刚独立的小鸟可杀捕，唯独冬季生存艰难，要想办法找到雪下的榛鸡、沼泽田鼠、入睡的巢中松鼠等。

前年上山识鸟为主要课程，因没经验有些无章法，加之写书等原因，收获不甚大。

去年上山主要认识植物兼观鸟，进展颇速，收获亦多。

今年上山辨识蘑菇并打腹稿，设想散文结构坐在林中耽于沉思。陶醉于秋天森林的美景中，多么美妙啊！阳光、空气、树木、秋叶，全都那么明澈，散发着潮润微凉的气息。到了中午，一切又发生变化，整个森林整座山都散发出香气，类似刚从烤箱里拿出来的饼干的香气，弥漫在林地上空。黄昏时分，森林沉入宁静之中——我把这种宁静叫作"安详的宁静"。只有归巢前的怯怯鸟鸣和放牛人的牛铃声，和谐地融入这宁静。森林仿佛进入一种浅睡状态，周围的树木全部静谧无声，等待夜晚的到来。这是一整天里最安详的时刻，比夜森林都安静。夜森林会远远传来鸮类的鸣叫，经常听见窗外响起"嘌嘌嘌"的小鸮鸣叫，偶尔有雕鸮那"嘿呼嘿呼呼"的粗声，还有遥远的狗叫一般的长鸣，"欧欧欧，欧——"，隔一会儿，另一个方向的山里传来同类的回应，也是同样的像哭声似的长鸣。

今年的纵纹腹小鸮比往年多。花大姐也比往年多，前天达到高峰，糊满了整个楼墙，它们从南方越过大海而来，纷纷钻入落叶下冬眠，向人们预告了一个暖冬。

初遇野生金雕

走七小时多，在大泉河水电站上游的小湖绕一周，又去二道林场水渠，有些走不动了。结果真拍到两张好片子，油画一般的色彩和构图，甚至可以放大镶框挂在墙上。

生平第一次看到野生金雕，机会稍纵即逝：一上小坝，它在六十米左右远处的大枯树杈上蹲着。我掏望远镜时林子里传来一串啄木鸟明快悦耳的叫声，我学鸟叫，同行的好友举相机。在这一刹那，大鸟腾空，我及时举起望远镜，看到它两翼三级飞羽至次级飞羽外羽缘处各有一条暗土黄色羽纹，整个身体及两翅呈黑褐色（也许由于逆光），它的一只爪下还抓着一个圆形的小动物，看大小像一只两斤左右的野兔或花尾榛鸡。原来它正在享用美餐呢，被我俩给打扰了。也许是我学的鸟鸣声，也许是好友举起相机欲拍（后者吓着它的可能性更大），加之掌中又握有得来不易的猎物，于是它果断离去。二十

　　几分钟后它又飞回，横穿湖面上空，爪下已没有了那只小猎物。估计是回巢交给伴侣或放在一个稳妥的地方了。这季节小雕应该已经出巢独立生活，它没有抚养子女的任务。

　　往小湖去时，特意选择靠南的那条路，想看看7月由于我的鲁莽无知扒坏又给人家修复的那对白腹蓝姬鹟的巢。很顺利找到那棵风倒木的大根盘，软苔藓铺垫的小泥巢窝已空，里面只有一片飘进巢中的卷曲落叶。窝里很干净，无粪便和幼鸟遗骸之类，只是一个普通的用过又弃掉的干燥空巢。这下放心了：这一家老小可能已顺利度夏，大鸟带着长大的幼鸟离巢迁徙了。白腹蓝姬鹟迁离本地的时间应该与鹟亚属的那几种鹟差不多，一般在9月中下旬。今天已是月底，它们或许刚走不久，大大放下心来。

休息时在林中仰卧，见斜上方树枝上有两只翅膀带黑色斑纹的蚜蝇斗法：一只从根部向上移动，另一只从上向下走。它们相距十多厘米时都发现了对方，开始了一场张牙舞爪的表演。这是一种显示实力的恫吓，绝不是虚张声势，更像仪式化的雄性见面礼——吓走对方。结果大个的那个舞舞宣宣几回，便吓走了那个体形小一些的。看来，双方若真打起来，彼此都会遭受损伤。在它们的世界中，这样的摩擦几乎每天都要经历数次，如果每次都动真格，这个种类一定经受不起大量减员，所以才进化出这么一套合理的吓阻仪式，一旦见面便出演。强势者霸道，弱小者让路，彼此都相安无事。

长白山知识手册

银喉长尾山雀

脊索动物门，鸟纲，雀形目，山雀科，长尾山雀属。俗名十姐妹、团子、洋红儿、银颊山雀。美丽而小巧，成鸟体长约 16 厘米。中国东北的亚种身体几乎全白，小黑眼睛陷在白色的绒毛里，性活泼，结小群在树冠层及低矮树丛中找食昆虫及种子。

山葡萄

葡萄科，葡萄属木质藤本植物。小枝圆柱形；叶大，广卵形；圆锥花序，花蕾倒卵圆形；果实黑紫色，多汁味甜，可生食或酿酒；花果期 5—9 月；多生于山坡、沟谷、林中或灌丛。

灰树花

也叫贝叶多孔菌，俗名莲花菌、栗子蘑。多孔菌类。呈花树状，自基部主柄多分枝，枝顶形成多数菌盖，菌盖扇形或半圆形，肉质，初时黑色，渐变至黑褐色或灰色；菌肉白色；夏秋季生于栎树等阔叶树的树桩或树根上；可食，味美。

十月，踩在铺满缤纷秋叶的深林中

10 月 2 日

两只星鸦

这次行走共唤来两只星鸦。第一只拍到一张清晰的照片，在快到桥的地方。当我听到它在远处的第一声鸣叫，隐隐有些激动。过一会儿叫声越来越近，它径直飞到距我仅十米处的一个横树杈上栖落，侧头看着我，还理了理身侧和前胸的羽毛。这是个形体苗条匀称有点偏瘦的年轻星鸦，下腹部全白，身上的白星星很醒目，动作活泼灵动。

第二只在出了沟沿半里地处，这个比第一只显老，身上的白星星已变成泛黄的条状花纹。胸部有一圈松散披穗状环纹，胸下及腹部也有泛老黄的大片覆羽，颏下囊鼓鼓的，显然贮有松子。果然，它在我的注视下依然从容不迫，忙着往一株折断的站杆桩头凹陷处"捣捣捣"地埋藏松子，直到干完了活儿，向我们偷窥了几次，才匆匆离去。

在它来之前和飞离后，沟对面远处一直有另一只星鸦鸣叫，看来这条沟是它们的领地。陡峭的深沟两侧，有些红松几乎有一半树冠凌空悬在崖畔，许多大松塔成熟后掉到谷底无人捡拾，而且在沟边的红松也无人敢碰，正是这些无人采摘的松塔养活了这里的星鸦，此地富足的食物也吸引星鸦来这里生活。还有一个现象很有意思：下到谷底后，见到有些大块石头上和粗树桩般的土柱上长着幼小的落叶松或红松，明显是当年星鸦埋藏后忘记或吃剩下的种子发芽生长的结果。这足以证明星鸦对森林更新发育起到很大作用，这种鸟类实在是功德无量！

陆续捡到五块木化石，大一点的那块还带着树皮。这条险河是个季节性河流，天旱断流，连阴雨天水很大，沟帮子上有明显的水线。两岸峭壁边缘是疏松的火山灰压实的土质，松且脆，常有小型塌方发生。一棵棵大树从峭壁上缘倒栽下来，看着令人心疼。但这种自然塌陷造成的树木死亡数量与贪婪的人类砍的树相比，实在是沧海一粟，更何况这种自然倒木对森林大有好处。松倒木上生长有轮纹韧革菌。

走六七公里仍依依不舍，这地方每次来都有感触，

有收获，而且还可过桥进入原始针叶林深处。以后准备
好了可以再来一探，春夏秋冬均来过，值得再来。

秋雨调色盘

昨晚起至整个白天几乎一直在下小到中雨，真烦心。今年从未有过连续三四天的晴日子。晚上起大雾，路边的水曲柳和花楸树落叶纷纷，全是这场雨造成的，雨水积在树叶上，把还没有落下的叶子给压下来了。

山色在朗朗的秋风吹拂下迅速变成五花山，一天比一天色彩艳丽。由于下雨降温，昨天一夜的变化最大，不远处几株高挑的桦树立刻变成火焰般的嫩红，还有些树的树叶变成紫色、橙色和黄色，五彩交织，美极了。等月底丹东的满族作家会议结束，我要尽快赶回来，享受这个美丽的秋季。

林中小径

少有的好天，阳光普照，林子里暖洋洋的，有风，但林下的风很弱。9点以后至11点前后，各种小鸟很活跃，尤其是黄喉鹀小集群。

正在观察一只绿啄木鸟，它却突然疾飞而走，原来一只雀鹰来了，灰蓝色后背和双翅，淡橙黄色面颊和灰白胸脯。只在枝头停留一小会儿，便起身猛追一只灰山椒鸟，小鸟喳喳惊叫绕圈逃窜，它紧追不放，但未能得逞。它又去吓唬另一只绿啄木鸟，然后停在我前方十五米开外的树杈上，雄姿凛凛，极其威武。飞行时双翼似一把大大张开的剪刀，利于在林间穿梭，而那只小鸟仗着身体娇小，径直往繁密的树丛里钻，才摆脱了这个大家伙的追捕。

雀鹰体长三十六厘米，比松雀鹰大八厘米，这是我第一次看见它，以往在这一带还看见过鹊鹞和红脚隼。

刚进保护区，就看见一只花栗鼠，兜两个圈子直接向我冲来，在距我一点五米处拐弯，跳到翘起的倒木枯杈上侧脸盯着我看一会儿，看样子在搜索枯肠判断我是什么东西……我动了一下，它便跳开了。

见到三只花尾榛鸡，最后看到的那只距我只有四米，明显被我的迷彩衣所迷惑，昂头扭颈侧目瞧我，从容快走，并不起飞，拐了几个"之"字形的弯后走远。

我总在想，寒葱沟这条长长的似乎没有尽头的林中小径是怎么来的？可能最开始是马鹿、狍子、野猪、熊、獾子等野生动物行走的小路，后来有人为了采集或追踪猎物、寻找松子等踩着这条动物小路走，渐渐变成了进山的路。人们采野菜、采蘑菇、打松子、打核桃、抓蛤蟆、挖人参的各种行动，使得动物被惊跑、打光，人代替动物占领这条小路把它变成了人走的路。现在我在这条路上走着，可能是多年来极少抱着善意走这条路的人——从观察松鼠的活动中寻找灵感，为了好好写它们。而这条寒葱沟确实让我百走不厌，灵感多多。

今天上午看见雀鹰穷追小鸟的那一刻，脑海中立即浮现出往事：十一岁在通化那个叫窟窿杨树的地方上山打柴时，看见山坳中一只大鹰追捕一只看不清楚的小猎物

的场景。那小动物就在一大丛荆棘中打转，雀鹰绕着圈子飞，怎么也不敢扎下去……儿时的记忆多么清晰啊！

原始森林里的动植物展示的种种新奇与美丽，给予我一次次惊喜、感动、思考、启迪，每每化作一次次轻微的狂喜所引发的身体战栗。这一切汇集到一起，变成一种巨大的幸福感，几乎每天充溢心头。我觉得自己的内心充满林鹞的歌唱、松鼠的鸣叫、花栗鼠的长吟、啄木鸟的清歌、黄喉鹀的啭啼、雀鹰的呼唤……

无论是醒时还是在梦中，这个"我"已远离人世，融入了森林空气中。有时我幻想自己化作一缕无色无形的空气，自由自在地在林中游荡，随意接近和观察每一只鸟儿、每一种动物，甚至轻轻拂过它们的毛羽，在它们的脸颊上吹一口温暖的气息，瞧瞧它们发呆的模样……

10 月 7 日

树叶背后的眼睛

刚下到寒葱沟底即见一小群斑鸠四散起飞，接着又有两只华丽的松鸦飞入林中，它们此时的秋羽十分艳丽、丰厚，没飞多远就落在离我很近的树上，似乎没那么怕人。盯上一只悄悄靠近去拍，发现它弯腰弓脖正在向下方看，顺着它的视线看过去，原来是一根长倒木，倒木根部有个黑东西在动，并传来"嘎巴嘎巴"的掰木头声，

细细一看，竟是一只黑啄木鸟！啊呀，四年了，它还在这儿！可惜它被我的踏落叶声惊到，拍拍翅膀飞走了，等了半天也没见它再回来。等待的时候看到一只松鼠忙来忙去埋藏冬储粮，看不清它埋的是松子、山核桃还是橡子，它并没发现我，一直在专心忙碌着。

有时你走在林子中，浑然不知四周有七八双小黑眼睛在盯着你，树干后、树丛中、树杈上、树洞中、倒木根盘缝隙、落叶层下，这些地方都可能有鸟兽的眼睛看着你。

如果你想守候，一定要有耐心，因为它们当中的有些种类比你的耐心要长久得多，如斑鸫就是最有耐心的鸟儿。最没耐心的要数松鼠，大概是它不断跳跃的本性所决定。

二汊头长满干透苔藓的大石头侧面有个石窝，晴朗的日子里会被阳光照得暖暖的，那里成了我在蛇谷小憩的天然沙发。

不上山则已，一上山必有收获，而且走得越远，待的时间越长收获越大。

三只狍子

清晨早起，冷气逼人，上山看狍子，在一些小泡沼周围的细沙石地上，彦子说"狍子足迹像羊圈里似的"，多而密集。

共看见三只狍子、一只苍鹰。那只苍鹰站在一株枯树的第二根枯杈上，背景和四周参照物极有原始林特色。还看见一只雀鹰，蓝背及外翅。有一群小鸟，圆肚皮在阳光下呈一种淡淡的玫瑰白，后悔未带望远镜，认不清是什么鸟儿。头两只狍子一只走过小道，一只在林中跑跳，屁股白白的。第三只很大，正在低头吃草。狍子听见我们的声音抬头看过来，然后掉头一跳一跳朝林深处跑去，充分展示自己的轻捷灵敏。一只大乌鸦落地，三只星鸦在枝头聒噪。回来大睡一觉，又出去到各种池塘湖沼看野鸭。夕阳正好，各种金黄色在眼前洋溢光彩。远处的杨树像一支金辉闪闪的火炬，一片片芦苇白中泛金，明亮洁净。水面倒映着岸边的美景，因水太清澈，水面的倒影反倒比岸上的风景更清晰。而在这倒映的金灿灿美景中，有数十只野鸭的影子，它们时而"嘎嘎"大叫，时而站立扑翼，有五六只小鹛鹛杂在其中，可惜去年看见的凤头鹛鹛今年没有出现。这片安谧、和谐的金色秋景，会烙印在我的脑海中，长驻心头。

这一天没白跑，没白挨累，明早争取再起个大早，好好见识一下那些美丽的针叶林。

松鼠一家

　　雨后天晴上山，今天拍到的松鼠是前天看到的那只，它终于显出好奇个性，瞪着眼睛好好地瞧了我一阵子。另一只也是前天看到的那只大的，也许是妈妈，它摆出手捧红松球果的经典姿势。这小东西低头啃食松子时只露出一球尾巴，不同的光线在动物毛皮上会反映出不同的色调。阴天顺光下看见草丛中纯灰色的小动物，当它动一下，再看时已变成黑色。逆光时胸腹的乳白变作雪白，随着它灵巧的攀树动作闪现一条条白光。后面看见的第二只松鼠可能是 8 月下旬吓着我的那只，现在它已有了孩子。这四只松鼠应该是一家人，两只小松鼠是双亲的第一双儿女。

　　自 2001 年冬来长白山的二十天算起，以后每年都能看见这一家子，真是让人高兴的事。

　　9 月初至今是松鼠最忙碌的时期，整个秋天，它们到处埋藏松子，直到雪落。灰松鼠有非凡的记忆力，秋天

埋藏的松子，冬天它能找到百分之九十，起到传播松树种子的作用，虽然传播的数量比星鸦少，却比人强得太多。我要一直跟踪观察到底。

松鸦和星鸦也跟灰松鼠一样在干活儿。

今年紫貂的数量明显增加，粪便分布更向山下的居民区扩展，这是好事。

远远见一小飞鼠滑过林间，起初以为是大张的落叶，因为今天风大，落叶满天飞。但这张"落叶"的飞行轨迹不一样，是斜斜下滑的，有一条笔直的三十度角下滑线，且修长平缓无一丝摆动。鼯（wú）鼠最远可飞行四十五米，这次的距离约有十五米。它本应在夜间飞行，可能天气太阴暗，它提前出来活动了。后悔当时应该凑前去看看，可惜错过了这个极好的观察机会。

万木凋零，大部分树叶已落，林子变成灰绿色一片，才过一周，一切就都变了。一旦下雨和降温，叶子马上就会落光，今天的降温，把最后一批阔叶树的秋叶全部扫落下地。

在铺满落叶的小径行走，不由得想到春季和夏季这条小径四周的景色。只五个月时间，三个季节倏忽而逝，山林变了三副模样，数今天这种景象最不好看，却最实在：各种小鼠都在忙忙碌碌，收集冬天的存粮，被我的脚步声惊起乱窜。

天气又阴又刮大风，相邻的树木发出各种怪声响，有的像门闩吱扭扭地转动，有的像放屁一样挤着出来，细细曲曲，还有的像鸟鸣。更听见一棵大树轰然倒在地上的声音远远传来，庆幸自己没在旁边。

看到淡绿色的小柳莺，它从墨绿色的松树树冠中弹出，像一粒淡绿的小弹丸，实际上它在看周围的动静，下一个弹跃便决定飞走了。

10 月 12 日

暖冬的预兆

大公野鸡在一片被夕阳染成金黄色的水稻田中出现，一个个伸着脖子，侧着头望向猎人，形成数个黑色的剪影。枪响后，中弹的野鸡骤然上蹿，随即翻倒。浑身的羽毛被这强大的一击震得奓（zhà）蓬开来，灰白色的腹部压倒几束水稻，肥圆的肚子啪啪拍打着地面，腿脚抽搐着仿佛刨地一般蹬动几下，便一动不动了。近前去看，它那缀满美丽金黄色羽毛的身体扭曲着躺在地上，长着红冠红脸颊的墨绿色脑袋窝在胸脯底下，露出一半雪白的长颈环，白得耀眼……

大批瓢虫飞临的时令已过，证明今年冬天又是个暖冬，好友彦子根据林蛙大部分都不下河冬眠，因此判断今年是个暖冬，决定留在山上过冬。

长白山的鸟儿

早上散步，发现一个拍鸟儿的好地方，明天去要穿接近大自然颜色的外衣并带上望远镜。拍到一只鹟类的小鸟，还有刚刚变粉的长尾雀，叫声哀婉，像海鸥。

阳光明媚，气温回升，真好，但我得开足马力改写长篇。

天气大暖，林中落叶铺了厚厚的一层，十分干爽，踩上去哗哗响。老鼠到处跑，还有三只花栗鼠。鸟儿很少，其他什么动物也没有看到。青鼬、狍子等常见动物仿佛是在传说中，今年根本未现身。上山的人太多，把动物都惊吓到深山老林中去了。

今天又看到五六年前在保护区打地板块的遗迹，多灾多难的保护区原始林，正在遭到各种生态破坏。越看越揪心，越听越难受。真恨不得那些破坏生态环境的人受到惩罚！

银喉长尾山雀长着一个毛茸茸的典型的人见人爱的

白色小脑瓜，米粒大的黑珍珠般的小圆眼深嵌其中；绿色的小柳莺是个小机灵鬼；长尾粉红雀则是娇俏的小美人，尤其当它栖落在树枝上的时候，我曾观察过它的整个洗浴过程。

还有蓝大胆，那是个无处不在的小鬼头，到处都有它灵敏的身影和急促悦耳的报警声。星鸦像个呆鸟；黄鹂像深居简出的隐士，却少有的华丽；长尾林鸮像个懒汉，大腹便便，泥塑般一动不动蹲在树杈上，飞翔时也懒洋洋的；灰背鸫是所有求偶鸣唱鸟类中最勤勉的歌者，每每唱得神魂颠倒；白眉鸫胆小如小鼫（máo）贼，但护巢时却摇身一变成为一个小斗士。黄喉鸫胆量仅次于蓝大胆，歌唱也是把好手，严冬大晴天，站在披雪的云杉树冠上热烈地歌唱；白脸山雀是个纯粹的不定性的孩子，"哼哼哼""哈哈哈""叽驾啾"乱叫不停；沼泽山雀贪玩，经常荡秋千，连卡在树杈上的一段危险的小枯木也不放过；花尾榛鸡是个爱捉迷藏的家伙，清醒、精明、快步开溜和短途飞蹿在行，但在求偶期及女伴孵蛋时太爱上人造仿声哨的当。鸳鸯很会躲避人类，尤其是小鸳鸯崽儿，远比小野鸭有耐性，可以藏在草丛里一两个小时不出来；佛法僧像个小胖墩站在树上，飞起来也慢吞吞，竟有那么一副沙哑的嗓门；松鸦是胆大包天的家伙，好奇心重，这可能令它丧命；绿啄木鸟目光狞厉，爱耍小聪明，会躲到树干后面偷偷看人；蚁鴷总猫着腰走路，探着头像在找地上的一件小东西，实际上它真的在找呢；普通鵟在求偶期与情敌的战斗会打很久，而它在意中人面前的空中舞蹈曼妙无比。

戴菊这个顶顶小人儿，是个真正的小不点，一旦绿叶长出来，它们便踪影不见；北红尾鸲站立时爱抖抖尾巴，弓着背呆呆地看人，像是要抖落尾巴上永远也抖不掉的露珠；金眶鸻是个典型的地出溜，喜欢跟鵰做伴，而后者叫起来实在悲凄；红交嘴雀喜欢栖在果松的顶端，在下面极难看到，绿交嘴雀也一样。

灰腹灰雀恋爱时像鸽子那样亲昵，而且有外人干扰时，雄鸟首先出来捍卫领地；公鸳鸯也有这个特性，还会用身体掩护爱侣；黄鹂的叫声神秘而悠扬，"居——乎，居——乎"；小鹛鹛那么小，深棕色羽毛极纯正，像青羊的冬毛；小老鼠一样爱钻河岸裸露树根的缝隙躲藏。

短翅树莺的鸣叫最引人注意，从早叫到晚，胸部鼓大圆胀，有身体的三分之一，然后直颈仰脖，嘴巴朝天，"咕咕咕——居咕居"，小时在通化听见过这种山涧回响；还有一种"吱哇——吱哇——"的恐怖叫声，那是戴胜，二道林场就有，飞起来花翅膀一扇一扇，极美。它头顶的羽冠会张开起伏，表达某种情绪，警觉不安时像不断开合的扇子；黑啄木鸟的鸣叫极其独特且嘹亮，"哽——嘎，嘌嘌嘌嘌嘌嘌"，后面的一串单音更像绿啄木鸟的叫声，也有点像斑头啄木鸟的叫声，暴露了它的种属。

黄鹡鸰捉石蛾（蜉蝣）的水上舞蹈十分怪异多变，什么动作姿态都做得出来，往往钳了满嘴的带透明翅膀的小虫，在水边召唤女伴，女伴也毫不客气地飞来享受，还常常大声催促雄鸟干活儿，并招呼夫婿把食物送来：她担负着喂养子女的重任，要塞满那一张张拼命要吃的大嘴。

10 月 14 日

鸫鸟的聚会

看见鸫鸟，极多，一群一群的。今年除松子外，其他树的果实都丰收，尤其浆果类：越橘、蓝靛果、葡萄、圆枣子、山梨、山丁子、稠李子、茶藨子，山楂也结了满树红果。各种黄色的、绿色的、紫色的果实挂满各自的枝头。亲眼见到在阳光下红得如此滋润的小小果实，我切身体会到植物的亿万年进化而来的"诡计"，大自然实在太神奇，把一切动植物的关系安排得如此合理。

我觉得去年的松子丰收和今年的浆果丰收之间不无联系，去年大自然母亲尽心照料松树，让它们挂满松塔，今年又尽心照料浆果树木和灌木丛，让它们大丰收。对了，还有橡子与核桃，今年也大量结出果实。每天路过沟畔干涸小溪边的那棵山丁子树，我都摘几把熟透的红果子塞进口中。今天没采到，因为位于树下方能够得到的枝条都被人折断带走了。前几天看见一个老头儿手擎一根挂满红果的树枝，一边走一边满脸慈爱地逗弄身边

的小孙子，他能对孙子这般呵护喜爱，却不知道爱惜一棵结满果实的母亲树！

　　黄昏时分长久地在林中观察斑鸫的活动。这些鸟儿眼神犀利，远远看见人影便鸣叫着飞离，十分警觉。但在五十米左右距离，只要我长久不动且隐蔽得稍好一点，它们便不太深究，可还是充满疑问地歪着头看半天，仿佛在问：那是个什么东西？好奇怪呀，以前没见过，难道是个刚刚翻倒的大石头吗？有一只还紧贴在黑色树干间，向上伸长脖子，巧妙地把自己与环境融合在一起，让你不得不惊叹：即使是鹰眼，也难以发现。它隐藏好之后，开始长时间地观察我的动向，等我耐不住性子先移动并走近它设定的底线距离，它才乍叫一声飞去。

　　傍晚，太阳已沉到山边，沟里没有阳光，但高高的大杨树顶端仍洒满金黄色阳光线，树尖上停着一只太平鸟，是只小太平，尖尾巴、钝嘴、玫瑰色覆羽，另外一只没太看清是什么鸟。同时与斑鸫相伴的还有灰背鸫。小型鸟儿有沼泽山雀、大山雀，还看见一只专门在中层及林下活动觅食的红胁蓝尾鸲，以及在树顶与鸫一块儿觅食的黄雀。我不由大吃一惊，黄雀来得这么早哇，前年的冬天11月末才看见一小群呢！看来，是这些吃惯了草籽等硬食的小型鸣禽把山丁子种子嗑开了。

原始森林的礼物

在森林中静悄悄地走，如愿看到一只灰松鼠，走近去利用它好奇地观看我的时候，拍了几张片子，不过光线很暗，没昨天拍得好。我带了饭，往寒葱沟最里走，问一个打松子的人，他说，这条路没尽头，不通头道站，可能通长白山深处。山上落叶铺地，糠椴的大张叶片撒满一地，格外醒目。原始林深处格外静谧，只有微弱风声在林冠轻响，与偶尔相依的老树合唱一曲短歌，印象最深的是发出婴儿哭声般的摩擦声响。

见到干涸河床上游的鸲鹆，它比下游的那只大胆一些，想必见人也少一些，认真拍了五六张，留下两张最好的。

山上唯一还有红叶的是各种悬钩子灌木丛，大都弯着腰，现出一个很好看的弧度，多半是被肥厚的汁液未干的一串串红果压弯了的。春天的鸲鹆歌鸣相当复杂，现在只有一种受惊后愤愤不平的气愤加报警的粗粝嘎鸣。

小鼠四处乱窜，绿啄木鸟仍守在老领地上。黑啄木鸟未现身也未听到叫声，不过据说这种鸟有固守领地的习性，有外国专家曾跟踪二十年，圈起它的领地观察，发现雄性在领地内居住十四年，雌性居住九年，昨天我拍到的是雄性。

听见几次啄木声，都是单个的小斑啄木鸟发出"嘌嘌嘌"的叫声；余下的鸟儿多是蓝大胆，"啾啾啾"叫着报警，表明有打松子的人下山来。路上还遇见两小群银喉长尾山雀和三只白脸山雀，其中一只踹了蓝大胆一脚，看样子是戏耍它。

真正的秋高气爽，落叶层干燥得很，根本没办法隐蔽接近小鸟小兽，花栗鼠弄出的响声很大，像头笨手笨脚的大动物。我就更不用提，每走一步，干燥的落叶都发出"哗哗"的声响。

原始林每天都给我不小的惊喜和难忘的奇迹，她只给勤勉学习的人、好奇求真的人、不怕苦和累的人、付出辛劳的人以必得的回报。

两只松鼠的争斗

天真暖，一到寒葱沟口即见到昨天看到的神秘蓝鸟，这回认定它是红胁蓝尾鸲，这小雄鸟要经过三年才变成如此美的蓝色。有只母鸟陪在它身边，抓紧拍了四张，还同时拍到一只红胁绣眼鸟。这块地属开荒地，中间的乱石堆是它们经常歇脚的地儿，这一对儿把这里当成它们的领地了，石块上有许多白得耀眼的粪便。刚来就有此收获，很提气。

沟里传来一片鸟鸣，其中尤以黄喉鹀叫得好听。眼前又有各种小雀飞舞，令我兴奋地去追踪。深入沟里却选错了路，一路不断有榛鸡飞起，看见一只黑翅鸡，也许是黑啄木鸟。又听到可疑的鸟鸣，却不见踪影。今天见得多的是小斑啄木鸟和黄喉鹀，沟里还有红胁绣眼鸟，长尾粉红雀也不少。

天太热，走走歇歇，数小时里未见人影亦未见松鼠，没承想归途中竟一下子见到两只，其中一只叼着啃干净大半的松塔，另一只来抢，两只一直在斗。叼松塔那只想出个妙计：从大杨树跳到旁边的松树上，把松塔藏了起来，穿插回来后，另一只仍不依不饶，在大粗树干上转着圈追打它，两只松鼠不断发出"呼噜呼噜"的咆哮。藏松塔的显然打不过另一只，不断绕树回避，发出更多咆哮，只能起到吓阻作用，并不敢和对方动真格的。两个小家伙周旋了半天，越爬越高，我沉不住气，大踏步冲到树下，踩得落叶"哗哗"响。两只松鼠警觉起来，一只躲，一只逃，逃的那只动作奇快，本以为旁边没有树可以让它跃过去，结果它轻松跃上旁边的枫、桦，又跳上另一棵树，从那树的另一面树干悄悄快速溜下，速度奇快无比，等听到它"哗哗"一路踩响落叶奔窜，我循声看去，它已跑出五十多米，到达对面的山坡并爬上一棵大松树。哦，我恍然大悟：怪不得它底气不足，不敢跟人家正面拼斗，还让人家撵得到处跑，原来它侵犯了别人的领地，所以，一有更强的外敌干涉，它立马飞奔回自己的老巢。

　　如此一来，回去的这只就是我昨天拍到的，我叫它"迷糊"，因为昨天有一张片子，它正眯着眼，一副迷迷糊糊的样子。守领地的这只更是我的老熟人，秋天拍榆黄蘑时，就是它拼命大叫并弄出挺大响声，吓得我头皮发麻，以为树上有个人。我俩交过手，大前天拍的那只黑一些的松鼠应该也是它，原来它的领地在这儿呀！

　　我现在知道了，寒葱沟一带有黑啄木鸟领地、红胁蓝尾鸲领地、两个松鼠领地和若干金花鼠领地，星鸦的还不确定，昨天在桥那儿撞见它，它的领地大得很。

　　这三天天气出奇地好，晴空万里，山里一片寂静，只有风声和鸟鸣。林子不太好看，只有悬钩子叶是红的，还有深绿的红松、云冷杉和鳞松。今秋旱得厉害，小河大部分都干涸了，小鱼和狗虾已消失，不知明年野鸭会不会有吃的。

惊险山火

天大晴，9点上山，以为昨天下两场雨，鸟儿不能觅食，这会儿去应该正赶上百鸟小合唱（前天就听见沟口有热闹的鸟鸣），结果却格外安静，一声鸟鸣也没有听到。走了二十分钟，见灰喜鹊群，我停下脚步，听见一阵激烈的打斗鸣叫，赶过去一看，原来是小斑啄木鸟小群，可能是家族群吧。它们三只凑在一起，有两只打作一团，后来一只飞走，留下的两只，其中一只站在靠上位置的树枝上，像拳击手那样左右大幅度晃动脖颈，下面的一只明显表现出顺从，它方才作罢。

进保护区的寒葱沟有三条小道，桥下河南面一条，中间一条，坡上一条。前三天都走新发现的南边那条，今天走中间那条，寂静无人的感觉。没走多远就看见一团灰松鼠的大灰尾在大树干后面一抖一抖，偷偷拍了十几张，远处还有一只，这两只是不是一对呢？我被它们发现了三四次，它们一个劲儿地"咕咕咕"叫，听起来不是威吓，更像是气恼和不满。花栗鼠见到我，表现出各种姿态。其中一只跟我绕着大树捉迷藏，嘴里叼满一嘴干树叶和草根，颊囊里还贮满了食物。这小家伙开始絮窝，准备冬眠。曾在电视上看见过冬眠的花栗鼠，如一段粗香肠似的毫无知觉，任人摆弄，心跳、呼吸均缓慢很多，睡得死死的。

在石碴子那里久坐，观察斑啄木鸟、花栗鼠、蓝大胆的活动，还有一只棕背䴗。一个人在山上观察它们的感觉真好，完全是个人的体验所得。

出沟口时听见年轻的星鸦叫声，马上学着它的叫声回应了一下，下边和前方的远处山沟里传来星鸦的回应，不一会儿飞来五六只星鸦，有的在几近干涸的河床上掀开大张的落叶觅食；有的在水洼边喝水；有的在树枝上歇息或警戒。我透过望远镜，忽然看到了一只鹰，黄色覆羽，隐隐有白眉纹，嘴粗壮有钩。不知什么时候，它悄悄飞了过来，觊觎着这些星鸦，想找机会抓一只。之前听到星鸦的叫声长久而高亢，我亦回应，如此三轮。也许是那只星鸦去报了警，但是地上这三只星鸦满不在乎。而那只鹰不等我举相机，便自动飞离此地。它看见我了，但我对它并不构成威胁，它是看这些星鸦不好惹——这些壮硕的胆大包天的星鸦"愤青"根本没把这个掠食者放在眼里。我觉得那是一只灰脸鹰亚成体或黄色型的苍鹰。唉，这几只星鸦都没拍好，我不该上桥或早早下到河床上，它们不太怕人，可能会让我拍清楚的。不错，我还会来这儿找它们，估计来三次能看见一次。下次来试试学星鸦叫，估计这招儿行，它们很好奇，又有领地意识，八成会赶过来看看。

今天看见灰喜鹊群、斑啄木鸟群和星鸦群，后者令我非常高兴，星鸦多是好事，证明了保护区的次生白桦林更新情况很好，也确实有许多小红松长势喜人。

回来的途中发现一个火场，昨夜或今早有人在这里生火烤香肠和罐头鱼吃，把一棵倒下的大红松的根部点燃，酿成一片火场，生火的人太缺乏环境意识了。

我拨了白河局防火办的电话并守在那儿看住火场，还扑打了半天火。宝马林场派一群人来，带了专业灭火工具，我才放心地离开。到家快两点半才吃上午饭，想补个午觉，睡得很不踏实。

在踩灭冒烟的隐火时，鞋子陷在满是闷燃的草末和树根的火坑里，忽然听见一阵"呼呼"的响声，四下张望，不知是什么东西响，直到觉得下身发热，火舌舔至手掌，低头一看，才知脚下蹿起一片高火苗。我急忙闪开身子，找松树枝来扑打。一时间，四周好几处都蹿出火苗，有的还相当大，又热又呛又有点担心，忙得汗顺着脸往下流。火苗仿佛故意躲开我的扑打，专门在倒下的大松树悬空树干下猛烈燃烧。如果不守在这儿，山火点燃这棵粗壮的、充满油脂的大松树可就糟了……

火势最大时我有点慌乱，跑来跑去用力扑火，那一刻，忽然想到了《沙乡年鉴》的作者利奥波德，他在五十一岁那年，赶去扑灭山火，心脏病突发猝死……在那个瞬间，觉得自己和他靠得那么近，忽然觉得更深地理解他这个人，也更贴近他的心灵。

另一种孤独

与其在人海中孤独，不如在林海中孤独。

孤独是任何人都逃不掉的情绪。对有些人，它只停留片刻，对于我，它永远笼罩在头顶。然而，在原始森林中，有无数的动植物做伴，有它们向我展示无数的美丽和音响，足以使我的孤独心灵被地球上最美的自然景象吸引和充溢，令我感动和惊喜。

秋天的橡树

橡树一年四季都很美，秋季是它最辉煌的时日，春日青碧，夏日浓绿，初秋赭红，深秋橘黄，冬季坚硬。先把看到、听到、读到的关于橡树的一切都做好笔记，待积累足够，胸有成竹时再动笔。我一定要写出橡树的朴素之美和坚强——它的叶子、花朵、果实、胚芽、初根、虫蛀的空壳……沧桑老迈却坚实的树干——这就是《秋天的橡树》。

不想太多，按自己的打算一步步走下去，做自己应该做的，写自己应该写的，让真正坚实的好作品说话。

10 月 25 日

森林的呼唤

想上山，大森林时时对我发出召唤，我的心能感应或者说呼应这种召唤，这是种发自内心的渴望，有了它，才能对森林产生这种呼应。

三天没好好上山了，昨天是拍照，今天又大雪，天气这几天很糟。若没有长篇小说的事，坏天气也应该上山，看看小动物们如何渡过难关，估计都躲的躲藏的藏。明天不管天气如何，都要上山走走，这几天在家里待得不适应了。

与小花栗鼠斗法

天大晴，很冷，全身是劲儿，上山。

灰松鼠换了毛，遇见头一只，还是深色的尾巴，背脊及腰胁呈浅银灰色，胸腹雪白，看上去像穿了个浅色马甲，几乎从我脚下横穿过路面。它跑到树上后，摆出几个姿势观望我，可惜我的相机未对好焦距，然后电池又没电了。此时突然又蹿出一只灰松鼠，吓了我一跳。今天深入到寒葱沟里面的白桦林往上的大红松林，越往上走灰松鼠越多，又拍到两只，而且有一只特别贪吃，在我的注视、拍照下仍忙着在高高的树杈上吃松子，旁边还有个蓝大胆跳来跳去等待捡它掉下来的松子。

和灰松鼠相伴的还有花栗鼠，今天又是如此，先有花栗鼠"沙啦"一声响，定睛看时，它正警觉地呆立凝视，目标当然是我这个大笨坯子。而松鼠往往在它身后十米以内的地方活动。这种情况已碰见三四次了，松鼠在借这个小邻居的耳目当警卫。

归途中见一只花栗鼠衔着一片白色的薄片在遍布青苔的大倒木上飞奔。当我举起相机时，它不慎将那东西掉在倒木下的地上，当时我已迫近三步，那东西对它的诱惑力太大了，它竟急速转身向我的方向冲出数步，但由于太害怕，在快速跑动中紧急转身又逃了回去。这令人眼花缭乱的一连串动作，吸引了我全部的注意力，完全忘记手中还有相机。什么东西让它如此留恋以致冒险转身呢？我近前一看，原来是我向上走时在此地休息过，削了一个又甜、又水、又脆的苹果梨。它叼的是一片梨皮，把它当成了宝贝。我心里高兴极了，那里还留有一堆梨皮呢，它在冬眠前能好好地品尝一顿多汁的水果，这是它平日难得遇到的啊！

途中还与一个小花栗鼠斗法，它逃到枯树上，在树身的洞中钻来钻去，分别从阳面、阴面两个树窟窿朝外张望，偶尔随着我拍照的快门声稍微动一下。这些当年生的小东西对人类文明的产品不适应，不光是它，长尾林鸮、灰松鼠、小鸟、小棕背䶄等所有听觉上佳的动物都不适应快门的声音。

没想到巨大的惊喜在将要上公路时出现了：一只黑啄

木鸟在眼前陡然出现。它栖在一根粗柳枝上，专注地凿打着虫眼，根本未注意到我的到来，而且距我仅五米左右，我幸运地拍下了一串片子。听见快门声，它斜眼看看我，舍不得离开，便倒退着往树下行走，然后又跳到了邻近的枝杈上。由于镜头前面乱枝条太多，我想找有利的空隙清楚地拍到它的身姿，同时想更靠近一点。于是我移动身子前进了一小步，这下可犯下一个不可饶恕的错误，它立即觉察到了，一蹿蹿至路边的树丛中，还"哽——嘎——"惊惶地叫了一声。我非常懊恼，当时我若趴在地上爬行也许不会被它发觉，可大错已成。我只好上了公路，兜半个圈子去接近它，这时在公路上也能很清晰地看见它醒目的黑身影。我暗笑人是笨到何种程度！这时我暴露得特别明显，连蹲都没蹲下，更别说趴在地上匍匐前进（此时绝对要这样做）。就那样那么大的一个身坯明晃晃地暴露在光溜溜的宽阔公路上，它自然不会允许我靠近。

黑啄木鸟又"哽——叮——嘎——呱！"惊叫一声张开宽大乌黑的双翅慢腾腾地飞过公路，落到对面山坡的一棵大树上。然后又"哽——呱——嘎——高高高高"地

发出一串召唤声，又飞回保护区这边的一处高冈林丛中。这期间我一直眼睁睁地盯着它飞往何处，完全没想到在它几乎从我面前起飞后拍几张它在空中缓缓拍翅飞翔的镜头。我一边懊恼自己怎么如此迟钝，一边又心中充满惊喜：它们这一对还在这里！今后我还能在这里见到它们！它们果然有固守属地的习性！这秘密将属于我一个人，我要好好保守这个秘密。

归途中又见小啄木鸟，而且见到今年的第一只旋木雀，它下山来了，这只有白肚皮。由于寒冷和潮湿，地面和不流动的河面都结冰凌，各种山鼠已不出洞，只见到两三只，跟三天前连续上山那些天被我的脚步声惊得在落叶层"哗哗哗"逃跑的情况相比，几乎可以判断它们大多数已进入冬眠期了。下一周如果连续晴天的话，可上山连续观察数天看看。

鸟儿明显少了很多，只有大山雀仍然活跃，或者是沼泽山雀。小啄木鸟增多，见到三只。归途中我"嘎嘎嘎"地学鸦叫，还唤来一只毛色鲜丽的松鸦。上山途中看到近处飞起三四只榛鸡，短途飞行后又落下，我连忙冲过去寻找却没找到，它们也许是蹲在草丛中看着傻傻的我从身边走过，一定是这样的。

　　休息三天，浑身是劲，穿得比以往多也一点未感觉累，到家才 12 点多。在山上几乎没有好好歇歇，中途只是暂停一下，吃了个梨。山上太潮湿也不允许坐下歇息，路上只遇见一个人，往后上山的人少多了，我也不受太多干扰了。

10 月 28 日

纯粹的泥土与空气

长白山的泥土是典型的森林棕壤，在海拔八百米以上，只要抓上一把就是黑油油的腐殖土，散发出枯枝败叶的气息，好闻得很。

松杉可能是世界上所有林木种类中贡献氧气最多的树种，只要踏进针叶林，立刻置身于凉爽、清纯并透出些许冷冽以及带有松脂香气的空气中，感觉十分明显。在红松林中也是如此，而且红松林比暗针叶林更明亮更纯粹，红松的针阔混交林是寒温带森林中动植物物种和菌类最丰富的林地。

蒙蒙细雨中的森林是什么样的？夏秋之交时体验一下，还有春意慢慢显露的3、4月份，听说3月红景天开花，明年我要亲眼看看。

圣洁的坚守

山里人遇到的最大红松约七十五厘米粗，五个大权子，一次只能爬一个权子，可打两千多松塔，在地上铺很大一片，厚厚的一层。两个人用背篓加袋子背，背了好多趟。那棵大红松已被砍伐修了路，现在那里是一条大道。

在如此追逐金钱的社会里，一些人总要坚守一份圣洁，这圣洁就在森林荒野中。尽管只有很小的一块，我也守护它尊敬它并爱惜它，这是我的灵感得到之地，心旷神怡的脱俗忘忧之地。终于在五十岁找到了自己的位置，创作的、心灵的方向。

10 月 31 日

小䴙䴘潜游

永远忘不了 26 日去奶头河看见小䴙䴘在夕阳下清水池中潜游的美丽画面——静静的湖面传来它文弱幽凄宛如耳语的鸣叫，就在那一天，我仔细观察水底淤泥上石蚕蛾幼虫蠕蠕爬行和它们爬行留下的蜿蜓交错的泥迹，观察水中石壁和木壁上麇集的正晒太阳的石蚕蛾幼虫，我被深深触动，不由联想起五年来有意无意看到的石蚕蛾幼虫及石蚕蛾成虫飞舞时众鸟、鱼群、蛙类、蜥蜴及各种动物纷纷以它们为食的种种场景，顿时恍然大悟：长白山野生动物最重要的食物基础竟然是这些石蚕蛾，这些毫不起眼的小虫子！

这个发现极其重要：这便是食物链的基础，而这个基础必须有清洁的未受污染的水，无数从大树上飘落的树叶在水中腐烂后成为水生浮游微生物的养料，哺育它们成长，而依附在淤泥中生活的它们成了石蚕蛾幼虫的食物。这是多么奇妙的大自然杰作，人类的想象力和创造力永远达不到这种极致的和谐共生。而我，一个自然写作者，没有资格说"创作"二字，我做的只是描摹和叙述，这种描摹能反映大自然伟大杰作的一角已让我感到欣慰。

这个发现由 23 日目睹被毒死的虫、蛙、鱼的刺激开始，到在河底看到淤泥中的石蚕蛾幼虫那天为止，其中融入了我五年来的观察、体验和思考。

我一直在苦苦寻觅森林的灵魂，石蚕蛾及幼虫便是森林之灵，是自然之手创造的最奇妙的昆虫。

精灵不仅仅存在于神话领域，也存在于自然之中。

山猫山谷是野生动植物的天堂，正是在这里，我第一次遇见了返顾马先蒿、斑玉蕈、花锚、隆纹黑蛋巢菌、翠雀、毛榛、母野猪窝、红角鸮、鳞翅莺、蓝喉鸲……

这里有大片的藿香、大卷丹、刺老芽生长地，遇熊地，山猫卫生间，这个山谷对我有无尽的吸引力，是除了寒葱沟之外另一个出门就想前往的去处。这里的几条山路，五年来已记不清走过多少次……

长白山知识手册

沼泽山雀

脊索动物门，鸟纲，雀形目，山雀科，山雀属。成鸟体长约 12 厘米。体形比白脸山雀（大山雀）稍小，头顶黑色，头侧白色。在树洞、石垣和墙壁缝隙中做巢，性活泼，常结对嬉闹。

返顾马先蒿

玄参科，马先蒿属。多年生草本植物。植株高约 30—70 厘米；根细长纤维状；叶卵形至长圆状披针形；花冠淡紫红色；蒴（shuò）果斜长圆状披针形；花果期 6—9 月；多生长于湿润的草地及林缘。

槭树

长白山区槭树种类之一，别称枫树。槭树科，槭属乔木或灌木。聚伞花序，小花绿色或黄绿色；叶形变化也极为丰富，单叶中有三裂、五裂、七裂等。秋叶红艳，具有很高的观赏价值。

十一月，于原始森林的空气中净
化心灵

当秋日来临

我胸膛里那颗荒野之心在逐渐生长……

今天在走山路时，感触很深，五个月时间倏忽而逝，春天白桦树和橡树的小小红尖芽与一个个小芽苞在风中微微摇荡的情景仿佛就在昨天，如今它们曾经蓬勃的叶子全部落光，只有光秃秃的树枝在秋阳中缓缓晃动，再没有比四季变换更让人感到惆怅和时光易逝的了。

道路两边枯草衰萎，往日的绿草野花早已消失不见，山间小道上铺满了层层落叶。次生林中有柳树、杨树和各种小灌木的落叶，原始林中有橡树、松针和大片的椴树叶……

今天上山直奔寒葱沟而去，快到沟口时见到三四只斑鸫"别别别"地大叫报警，我用望远镜套住一只看了个仔细。再往前靠近大树桩处，忽然飞出一对灰腹灰雀，这一带是它俩的地盘，我已经连续四年在这一带看见它们了。接着又看见两只十二黄（小太平鸟）飞来，另外的一小群随后在高空飞过，听见它们发出熟悉的"铃铃铃"轻鸣，这些小家伙看上去真是漂亮。灰腹灰雀则很大胆，在小路两边飞来飞去寻草籽吃，挂在蒿秆上悠悠荡荡，摆出倒挂、斜挂、倾侧等各种取食姿势。

进沟后听到一阵"噜噜噜"的有力振翅声在树顶响起，是一只花尾榛鸡，它隐蔽得实在太好了，以至于我找了几次都无法找到。然后又听到一只松鸦的叫声，我与它对叫，把它引了来，它嘴里还叼着个小鼠或一串黄波椤种子，围着我绕个圈子，飞到松树林中去了。它的冬羽是一年中最美的季节羽。今天蓝大胆很多，飞来蹿去不怕人，有一只离我相当近。以后上山会遇到相当多这种留鸟。

动物的生活秩序

天大晴，走寒葱沟四个半小时，累打晃了。

听到两声好听的鸟哨，估计是鸲鹟，或一种鸫。因为鸫已经走了呀。今天一直走到一株折断的空心憨大杨处，这树的空筒子里能容下两三个人，我走进去试了试，还有余地，可躺下睡觉，可惜头顶露着天。

花栗鼠、灰松鼠、棕背鮃明显少多了，后者胆大且更易靠近，嘴里叼着一颗榛子或小橡子。遇见的三四只花栗鼠都是小个儿小身量的小崽子。有一只竟向我逼近，试图吓走我，可惜我不知及时调整焦距，没有拍清楚。这条沟还可以往上走，如果早起，如果带足干粮，如果是枫叶正红的秋季或蘑菇季我都可前去探险。只有等待来年了，春、夏、初秋、深秋均可走几趟。

走过那棵大杨树，鸫仍旧不在那里，上次三只松鼠曾经围攻它，想把它赶开。那场遭遇战发生时正有个人在那下面，不然战况一定会很精彩。后来那人突然不见了，我怎么也未找到。

在大森林里，如果人类不来打扰，那些老住户——那些动物，它们都拥有自己的生活秩序、领地和活动规律，那是人家的世界，人类必须尊重这个世界。

有时遇到一个山里人，在山上闲谈起来，他会把一生跑山中仅有的两三次极珍贵的遭遇野生动物的亲身经历毫无保留地讲给我听，对我此是宝贵收获，往往这种故事是可以直接拿来用的。我之所以赖在二道不走，除了上山体验、观察森林万物之外，这是另一个吸引我的地方。

林子里清清荡荡真干净，能看出很远，完全可以往远方走走了。穿了棉袄、保暖裤，归来时有点热，去时有点凉，还是穿着吧。

这段时间的灰松鼠及棕背䶄与前些日子不一样了：它们总是叼着个啃得乱糟糟的大松塔，估计只剩几个残余的籽粒，任我怎么追它也不肯丢弃。它们一旦逃到隐蔽处或十五米左右的距离或爬到稍高一层的云杉枝上，就忙不迭地啃咬松塔，剥出籽粒。它们意识到冬季要来临，即将大雪封地，在抓紧最后的一点时间多多储存一些过冬的粮食。棕背䶄也是，已经有些不怕人了，动作也慢，而且多数嘴里叼着一粒大坚果。它们习惯把松子大头朝外，尖朝里整个含在嘴里。这是因为它们的嘴巴小，即使这样还将松子尾部露在外边呢。

　　松鼠、花栗鼠、棕背䶄即将退出森林表面，花尾榛鸡、乌鸦、松鸦、啄木鸟等越冬鸟类将成为森林的主角。而蓝大胆、大山雀、沼泽山雀一直都是主角，夜晚的主角还有青鼬。它们一直在海拔高一些的地方，还有紫貂，这小子越来越常见了。

保护树木的意识

下午睡醒去二道林场找到那块正式高尔夫球场比赛用地，夏天看到迁坟的地方已平整完毕，准备伐树。那是一片约有六十公顷至七十公顷的人工落叶松林。如果相关部门彻查此事，这片树林也许还能保住，回长春后我得去总队问一下。

真见不得这帮目无法纪的人砍林子。这些天在寒葱沟天天看到有人在砍活树，真心疼。这片林地两三年可能就要被砍光了。还有一棵近两百岁的大鱼鳞松被大风刮倒，今年上冻晚，若按正常年份上冻，这棵大树倒不了会被冻在地面上的，明年春天照样长。

昨天一进寒葱沟口，在夏天黄昏时看见一只母野鸭带四只晚生小鸭的小河湾下方，一个半月形的积水潭边，传来鹡鸰那单调粗粝的"价价价"的叫声。果然是一只小鹡鸰，见到我它就钻进一蓬杂木丛露在陡岸上的根团里，不一会儿又飞出来，钻进水潭对岸的小灌木丛中，

然后又觉得不踏实，待一会儿又飞开到远处去了。这里显然已成为它的新领地。以前这里没有这种小鸟，它是这几天降温后从上游迁徙下来的。这些小鸟本能地在严冬临近时向下游人类聚居区靠近。它搬到这里过冬，是这几天的事。有松鸦的叫声，但那小群星鸦再未露面。下午在红丰村背后的水泡里看到一群野鸭，其中混杂着鹛鹛，昂首挺胸的，可惜未带望远镜，不然可瞧出是哪一种鹛鹛。

二十几天前，树叶凋零，许多原本在枝头隐蔽极好的小鸟巢随着秋叶片片掉落开始暴露出来，大多是些搭建在三枝或两根树分杈处的用小细树枝和细韧的三棱羊胡草编织而成的精巧小巢，像一个个小草碗。还有建在地面折断的树上或建在树洞中的。有一个很有创意，大概是一对蓝大胆，它俩在树干高处找到一座圆形的厚墩墩的树舌，有些像桦树瘤，小两口在这个瘤盖下边的韧草层叼出一个洞，建造了一个有房盖的圆形小巢。今天又看见一个搭建在倒木断茬上的小鸟巢。

今天9点半才上山，多云的天气。小老鼠不多，花栗鼠只看见四只，松鼠还在活动，显然以家庭为单位，大的带小的。相距十几米，又看见那只好像穿着贴身短灰白绒坎肩的大松鼠。这回它学精了，松鼠被拍照惊吓一次后大概不会再给"这个人"（它似乎认识这个大傻瓜）第二次机会，一个劲儿往高树顶上逃窜，还"咕噜噜"地叫，这种叫法是表示气恼并含有报警的意味，往往不远处还有一只中辈的后代。

　　今天坐在上次碰见公狍的地方回想那天看见大公狍子的情形：先听见了有动物踩踏落叶的声响，这声响与松鼠和金花鼠在落叶层上迅跑的声音很不同，和人踩落叶的声音也不一样。人太笨拙，声音大且重，还乱碰树木枝条。狍子的声音不大，"唰啦"一声，接着发出四蹄利利索索踏在落叶层上的一串声响，还伴有轻微的拂掠枝条声。那响动不大，却行进迅捷，大步流星，出现得突然，消失得迅速，让你根本想不起手中还有相机，等想起来时，它已经成功地隐匿在树丛深处。

11 月 6 日

白鼬的踪迹

白龙水渠这一带有一只或一对白鼬或伶鼬是肯定的了，这小家伙相当活跃，就在水渠旁的水泥台上活动，拉了一些屎。今天至少看到四处昨天或前天拉的黑油油细小弯曲的粪便。下雪后肯定能看见脚印，冬天时可多跟踪，找到老巢并拍下照片，对这种灵巧的小鼬十分感兴趣。

这一带还经常有狐狸路过，水獭也时常出现，山猫经常巡逻，狍子悠然散步，但今年尚未见到山猫足迹。

盼着下雪，去年此时已下过一场暴雪了，印象极为深刻。天气预报安图今晚和明天有小雪，到时候可以去找熊迹和各种动物的足迹了。

一路上有明丽的秋阳暖暖地照着，我有点困，不断停下来歇息倾听。河中水清见底，水獭毫无踪影，鸟亦极少，只见到一只花尾榛鸡和一只星鸦。花尾榛鸡被我抓拍到，星鸦远远落在树上不过来与我相见，想必已看清我的真容。大批野鸭都走了，余下的几只大部分是当年出生的，一只公鸭带三四只母鸭。鹰亦走了一些，是留鸟却极少露面。

河柳已长出新的苞芽，很细小，黄绿色，尖端敷淡红，扒开后露出银白茸芽，原来它们在秋天就已经为明年春天准备了繁殖的种苞。那些雪白的飞杨柳絮在秋天落叶后已悄悄长成雏形，这个小发现让我很惊喜，要再找找——别的树木是否已同样准备好了来年的新芽？

神奇种子盒

今日傍晚时分进入立冬节气。看天气预报，长春已降大雪，二道白河明天有雪。绕山走一圈，见到小小的黑头鸭和小绿啄木鸟、长尾雀、银喉长尾山雀等。竟然还见到了一只花栗鼠，它冬眠太晚，我担心它过不了这个寒冬。

我仔细地查看路边枯草的种子盒，有筐状、坛状、团状、罐状、球状等等，不一而足。月见草又叫夜来香，它的种核像个细长的花瓶，又像插在草把上的一串串冰糖葫芦，从干枯坚韧的粗茎中部一直长满枝头，总有二三十个。这个细花瓶状的种子储存罐，在日照下分成四瓣在顶部开裂翻卷，每一瓣干燥的种皮内部都有两道圆形凹槽，槽内储存着百余粒比芝麻还细小的咖啡色小种子。四片种皮和八道圆槽，均一排排蓄满小小的种子，当种皮一点点开裂翻卷，细小的种子便会四散迸溅出去。路边的月见草用这种方式播布种子，得以一年年扩展地

盘，长成我眼前这一大片月见草。

再看看牛蒡的聪明做法：它的种子苞长成一个圆刺猬般的球球，这个球身上长满细长带钩的针刺，每根针刺长长的茎秆上长满微小的毛刺。当动物经过，尖刺顶端的小钩会一齐上来抓住动物的外皮或毛皮，跟着它开始长途旅行。那些细长的针刺矛秆上的微小毛针也帮着针矛一起抓住动物毛皮或挂在上面，直到被刷蹭下来或被摘下来丢掉，这个种子苞便会在落地的地方被风刮得更远，或破裂开来，放出里面包藏的羽状种子，四散开来占据地盘。

这一段少有动物可拍可看，可以把注意力转到种子传播方面来，因为有些植物神奇的结果实方式与传播方式书上找不到，只有亲眼所见和实地观察才有收获。植物传播种子各有各的高招，我们身边的植物种子还有一半是候鸟从遥远的地方带过来的。

立冬的分界线

已经习惯了用望远镜去观察鸟类。刚才看电视，记者在拍摄水鸟。水鸟迁徙到南方，水中有白骨顶鸡，树上有斑鸠。我看得入迷，又看不清楚，顺手抓起身边的望远镜对准电视里的鸟影去看……

现在想来，每当我看见大斑啄木鸟在树干上转来转去"叨叨叨叨"地叫个没完，看见灰松鼠叼着个大松塔在树杈上溜来蹿去，看见蓝大胆吱溜溜地在树干上转圈，看见旋木雀绕树忽上忽下极其快速地飞旋，听见白腹蓝姬鹟唱出一串华美嘹亮的旋律，听见纵纹腹小鸮在楼房檐下轻轻扑翼，听见黑枕黄鹂在黄昏中神秘而悠远的"居呼——居呼——"的鸣叫，听见冬季小鸊鷉那单调警觉的大声鸣叫……心头涌现的都是惊喜和欣悦。其实，有一种东西一直在支撑着我坚韧、顽强并充满新奇和希望地走下去，原因就是这个——我想找寻愉悦，每天都找寻，每天都想得到这样脱俗忘忧的愉快，而且这种寻找简单、直接，很容易办到，尽管累一些。

立冬这天是一个分界线，对花栗鼠来说，它们几乎全体消失，入洞冬眠，只看见一只小瘦子，无所畏惧地向我跺脚逼近，还抽空忙不迭地往嘴里塞吃榛子。担心这个到现在还忙着储存食物的小家伙存粮不够，身上积攒的脂肪不厚，难以熬过这个冬天。棕背䶄们依然活跃，更多地暴露在光天化日之下，也更大胆，人都走到眼前了才想到回它的临时掩蔽所。据我观察，它们和花栗鼠一样，躲藏的秘道有两种，一种是临时的，也许就是落叶层下的通道，冬天是雪下通道；另一种是永久性的洞穴，那才是它真正的家。真想学学獾子，这帮家伙已经现身，专门在倒木的根桩处翻掘。我也想把小不点儿的家挖开看看，里面到底有几居室，都干什么用？当然我不会真的这么做。花栗鼠在这些天是陆续进入冬眠期的，视储藏的食品和絮窝厚薄而定，到今天基本戛然而止，而棕背䶄要活动一冬天。

一个人的冬日森林

上山六小时，近 10 点才出发。今天一直深入寒葱沟里面第三片白桦林处，整个沟趟子里空无一人，真正属于我一个人！

依旧看不到花栗鼠，走了很远才看见灰松鼠。地下树上基本上是棕背䶄和蓝大胆的天下，而每只灰松鼠，几乎都叼着一个大松塔，䶄也如此，全都忙忙碌碌找食吃。11 点到 14 点这段时间大家都在忙碌取食，啄木鸟要忙到更晚，斑啄木、绿啄木、黑啄木都如此，后两者尤其不怕人。

黑啄木鸟从距我很近的一棵树上忽然飞起。到另一棵不太远的树上，它一棵树到一棵树地飞，我一棵树到一棵树地跟。最后它终于飞远了，"哏——嘎——"嘹亮地叫着去找它的同伴。归途中又见到它，依旧叫，而且落在那株鸦杨树前方不远的地方。这一带应该是它来去的必经之路，它连飞行路线都很固定啊（但愿我猜得没错）。如果这样，只要时间对头，以后就能如愿以偿地多次看到它。

再说蓝大胆，它发出的"砰砰砰砰"的凿打声，响且脆，原来它正忙着把一颗榛子嵌入树缝或孔洞里，再用小锥子嘴全力击凿，直至打出一个小洞，露出里面的果仁。这次用望远镜看得很清楚，上次它嵌进石孔里的是一枚松子。它们的报警声像各家养的看家狗，一只叫，连带其他的一只接一只叫的连锁反应。今天感觉越往里走越像原始林，尤其13点以后，快14点的时候，只要停下脚步聆听，周围便传来各种小鸟兽忙碌取食的声音，特别是叩凿声。14点往回走，明显冷起来，有些冻手。在靠近分岔的柳趟子里有多只花尾榛鸡在觅食，由于已近黄昏，它们眼睛看不远，都懒得飞，遭惊吓后只是快步走，显出迟疑的样子。

下坎时听一树的麻雀聒噪，它们打算在几棵松树那里过夜，吵闹得很。看样子睡前要像孩子们一样热热闹闹地聊聊天，说东道西一番。

这六个小时完全与尘世隔绝，感觉真好，没人来电话或短信，也不发出短信，完全沉浸在冬日无雪的大森林里，融化在对自然的感受和观察里。

山里的好空气

沿二道白河上行，在林中听见狍子尖细的叫声，有点像鸟叫，却是鹿科动物的鸣叫。这里有三只狍子，看不见，也不可能看见，有啄木鸟及几只留鸟在活动。二十米以外看见一只花尾榛鸡，比夏天时胖了许多，因恐惧或气愤团成一个蓬松的圆球，背部至腰的一大片像天鹅绒的短绒，土灰褐色，下腹及翅有不显眼的白花，翅缘是一条白色纹，颏下黑斑，头顶有小冠。它们眼神极好，一直盯着我，或侧视，或正面直视。我一动它即知，立刻起飞，落下时翅膀发出"扑啦啦"的响声。

落叶层新鲜味浓，林中只有两种味道，上层的新鲜清气与下层的落叶味道。空气新鲜得头都有点晕，太新鲜纯净了！尤其走进密林，纯粹的原始林空气，立刻是一种新天地。

到处有小鼠吃过的松子餐后饭桌，有的在地上，有的在倒木上，都在红松树下。我正在低头看一处，忽然

"扑通"一声，吓我一跳，原来掉下一个松塔，正砸在餐桌旁。我上前捡起来剥了二十余个松子，瘪的有三分之一。奇怪，啮齿动物是怎么知道哪个松子是瘪的呢？有的就咬了个小孔，有的干脆没咬就丢掉了，被我这个傻瓜人类捡起来又咬开，结果多数是瘪的……

看到新鲜狍蹄印，玲珑娇小，踩入腐殖土很深，它们一直在这一带活动，不明白野猪为何在站杆根部扒一大坑，也许是獾干的吧。许多百岁山杨或土青杨都站立着死去了，这种大树尽管毫无生命，但我仍对它产生一种最大的敬意，它还养活着各种各样的虫、鸟，倒下后还养活土壤昆虫、苔藓和蘑菇，以及众多生物。

鸟儿少多了，林子十分寂静，在潮湿的落叶铺满的小径上走，舒服且无声。

这个季节也不错，反而比夏天有灵感，而秋天（9月）让人眼花缭乱，惊喜不断。这时节的惊喜要寻找，要等待，它们也许会在不知不觉间降临，让你有时间去想这小小的欣喜从何而来，让你懂得这欣喜与自然界的美丽紧密相连。

蛰伏在宁静中的生命

踩新雪上山，空气极清新，真舍不得离去，整个森林异常安静，只有我一个人的踏雪声。烈士塔后坡到处是野兔的足印，进沟后松鼠的足印多了起来，应该是那三只我夏末结识的小家伙。路上有鼬科动物足迹，可能是青鼬在追猎野兔。还有蓝大胆、沼泽山雀的叫声，还遇上一小群银喉长尾山雀，"吱吱吱"地互相招呼着前行，应该有苏雀和金翅，下午更暖时可能还有其他动物会出来。

松鼠和野兔的足迹极其新鲜，它们都在早晨这一段出来活动。终于听见松鼠的轻声抱怨，"咕咕咕咕居——"像鸽子的叫声，不过尾音是一种渐弱的哨音。

今天才知道最安静的森林是雪中森林，一种无比清新冷冽、沁人肺腑的安静。这种安静之下，生命仍在跳跃、飞翔和鸣叫，在洞穴里潜行。往往要走上一段路才能听到一两种冬日动物或鸟类发出的声音，其余时间则是无比安宁。林中还有许多来年春天将无比活跃的生命之巢——树洞，鸟和松鼠都可以用，有树叶时被遮蔽着看不到，现在看见了，这儿、那儿，许多高大苍老的树上都有树洞。有一棵树我已牢牢记住，它的身上有九个树洞，从上至下排列，很美。

今夜降温，估计零下十八摄氏度至十九摄氏度，明天也会很冷。晚上又出去走走，真感到冷了。

那头死去的母狍子本来是可以拿回去吃的，我没捡，把它留在那里，还拖进隐蔽一些的山沟中，留给那只青鼬，留给那两只乌鸦……

看到远处有一只金雕起飞，那里一定有东西！近前去看，是一只死去的马鹿。是啊，只有金雕会吃死去的马鹿，还有猞猁和远东豹……这些美丽高贵的动物虽然已经死亡，但它们给其他动物提供了度过万木萧索的饥荒寒冬的食物。大自然的轮回多么奇妙，人类能做的就是尽量把更多的生存空间留给其他生物。

鹰的提示

9点钟出去奔二道林场，天晴风硬，有一只黑灰色的松鸦，两翅下各有一白斑，鬼鬼祟祟地等在路边，车过的间隙叼一口食，见到人手持东西便远遁，鬼精鬼精的。

冬天白雪映衬下的河水清如镜。这里就是水好空气好。

在大泉河沟门见到一个新搭的窝棚，挺带劲儿，不由得羡慕那个住窝棚的人，安静，远离尘嚣。到河上小湖，水面忽地划出三四道水花线，数只水鸟紧贴水面飞，脚刮着水面，翅尖也击打着水面，很快飞入一簇半黄半绿的水草丛中。擎望远镜看，大都在水草中伏着，没绿头鸭大，善隐藏，想必天敌众多，一共六只。少顷，一只鹰在林梢间飞来，栖于湖畔枯树杈上，盯守着那群水鸟，而水鸟早已比我先发现鹰，转眼间就遁身不见了。那鹰一直守着，又一只水鸟展翅而来，旋两圈，见有鹰在树梢，便悄悄滑走。

我从湖畔南侧林中山路绕过去，鹰一直背冲着我监视湖面，听见声响转身见我，不容我拍照即起飞到不远处的另一枝头。它实在不愿放弃去抓水鸟的打算，而我又一个劲儿地靠近，它只好不情愿地飞走了。我正好需要那鹰帮我监视水鸟的地点，它选的肯定是最好的地方。果然，它趴在湖边的一蓬枯树根上没多久，即见坝边出现四只水鸟，我用望远镜去看，疑是小鸊鷉。也许我身

上这件棉衣的迷彩效果太好了，一只鸊鷉竟两次闯到我的镜头前，还有一只斑啄木鸟在附近的另一个枯树桩上干活儿。此时耳边忽闻水声轻溅，一队小鸊鷉排成单行，雌雄搭配着沿一根横在水中的细长木杆边，向湖心浮来，速度不快且颇谨慎。只见一只顶大胆的雄性打头，在金黄水草和碧绿湖水中，仿佛沿着一条木杆横出的水道慢慢游动。我一张接一张拍，它们还是听见了快门响，而且有鸊鷉报警，后面的几只便缩了回去。打头的那一对进至水草丛中，公的出来大半个身子，以一根枯木杆当掩护，探头探脑看我，见没什么可疑之处，便带着爱侣离开水草丛往湖心走。我连连按下快门，它俩可能感觉到了，一个猛子扎入水中没了踪影。这些小家伙有两群，共十几只，个个是潜水好手，入水半天不出来，出来后已经潜出很远。它们善于利用水草、倒木隐藏，难怪那只鹰盯了好久也没得手，我同样也等了好久，最后冻得不行了才出来。

云杉上的戴菊莺

一直想拍冬天的戴菊莺，刚好在风雪中遇上一只。它"喊——"尖细地轻鸣一声，从小云杉树中飞出，成直线奔一所房子的蓝色玻璃飞去。它以为那是一片淡蓝色空间，结果"嗵"的一声撞在上面滚落下来，幸亏抓住了一根铺在窗台下的电线，才没掉在雪地上。我凑过去，拍了几张照片，只见它扭着身子挤在那里，眼睛似睁似闭，显得神思恍惚，后来竟完全闭合，好像力气不足或体质太弱，已有些挺不住了（鸟类行为的活泼程度反映出它的健康程度）。我慢慢伸手抓住它，岂不知它一点也不躲避，只是扑打着露在我手掌外的一只小小的翅膀。在那一刹那，我吃惊地感到，它那毛茸茸的纤小身体是那么弱小……原本想把它救回家养着，但我实在不忍心再把它攥在手心，只得放开手。它似乎已恢复过来，本能地飞回它原先栖身的那株小云杉的枝丛间。我赶过去看，它已能上下挪动，还吃了几口食，并发出两三声

尖细的"吱吱"叫声。

　　从它落在云杉枝一轮轮生长的枝条上跳动的情况看，极善隐蔽也是它的一种行为本能。眼见它神态已恢复正常，察觉到我这个大家伙一直守在旁边拍照，它连忙开始躲避，往深处或高处跳上一轮树枝，同时还躲在绿针叶丛后面看我。见它恢复正常，我也不忍再打扰它，便退后两步，它趁机"吱吱"一声叫，展翅飞往下一棵距离十米远的小云杉树上躲了起来，然后我就再也找不到它了。不知它今天能否回归群体，也不知它能否挺过这个寒冬，这才是今年第一场较大一点的雪，也是一场时间较长的中雪，以后下大雪或暴雪不知道它是不是也能挺过去，不免为它担心。去年11月初的暴雪及倒春寒和几场接连的雪，许多小鸟都没能熬过去，以致现在听不到多少柳莺歌唱，去年春天的鸟儿格外少。

"老熟人" 褐河乌

原来沿河道飞来飞去的乌黑鸟是褐河乌，老熟人，我从小就与它相知相熟。阴天里它黑得像炭，大晴天它黑中透出一些红锈色。依旧"价价价"地叫，比深山中的褐河乌要机警，不容人太靠近，距离十五米左右即飞开去。这种鸟儿现在很常见，且有向山下人居处移动的倾向。眼见它跳入水中潜水、钻水、露出后背溜水，在水中跳进跳出地玩耍，令人好不快活，但又觉得它们有些孤独，当然其中一些已经结了对的。

今天走得远一些，用时三小时。见五六只当年的花尾榛鸡，警惕地隐身于树后，一律抻脖子抬头，不停地轻轻换位移动，就是不飞，其实这是要飞的前兆。羽色和杂木落叶的灰色极贴近，这同大部分哺乳动物一样，是长久进化的结果。我不想招惹它们，选择离开。从现在开始，进一步关注花尾榛鸡，将来可写一万字左右的东西。观察、搜集它们的各种特性、活动规律，若有故事更好。

可看到的鸟儿稍多起来了，我出来的时间不是它们取食的时间。在保护局河边只见到那只熟悉的绿啄木鸟。追一只褐河乌拍片不果。上山后看到五只长尾雀，沼泽山雀极少，还有一只不知名的雌鸟，疑是金翅雀。山上也有绿啄木鸟，但因为是在道边，极机警。

见到野兔、青鼬、一对狐狸及一些鼠类足迹，还有一只大老鼠投入水中，在水底游走，水中呈黄青白色，它顶水游得很快，应该就是普通家鼠。两小群乌鸦在蓝天上高高飞过，羽翅染成金橙色。松树也变得金灿灿，槲寄生更是色彩艳丽，并有晶莹的小红果。

上山真美，心里美滋滋的，尤其走在杳无人迹的白雪小路上，天地间仿佛只有我一个人。

我的写作拥有一座大山，关东第一大山——长白山，这是几乎所有中国作家不具备的，有的人曾有过，但他们远离了，而我正在其中，并为此而自豪。幸甚幸甚。

今儿在长渠旁边走着，然后听见一阵鸟儿的鸣啭，不尖锐，音质厚实，像两个玻璃球在相互摩擦。一种低低的啭歌，而且歌者本人亦深深沉入其中，根本无视我的存在。我怎么看也找不到，用望远镜看还是找不到。我又在一棵大枯树上上下下寻找，结果发现歌者在水边的一个枯树墩旁，那儿可能有它的巢。这歌者竟然是一只褐河乌，它见我走近，"价价价"地惊叫着飞走。如果有录音设备，可以录下它美妙的歌声。

属于冬日的寂静

斜躺在一棵歪长的树干上歇歇，雪大，无法坐卧。这棵树总是对我温柔以待，累了来到这里坐一会儿，等我缓过劲儿来走开，它连一声感谢都不需要，总是默默守候在这里，等待我的下一次到来。无论春夏秋冬，它都如此接待我，温暖而和善。

松鼠改变颜色了，毛色比秋天时发白，是真正的灰松鼠的颜色。秋天松鼠的颜色太重，呈黑蓝色，而现在这种颜色才是它真正的冬毛，"银坎肩妈妈"的称呼就是根据这个季节的颜色而起的。我把苹果梨皮像秋天相遇时那样留在原地，它闻到甜腻腻的水果气味该有多么兴高采烈，像之前那样疯抢。

鸫没走，但少多了，有蜡嘴雀歌唱，近处落下一只，细细看它，真是朴素的五彩斑斓。还有松鸦、乌鸦和常见的留鸟以及三五只太平鸟。

在雪中往寒葱沟走，没有人的脚印。我一会儿跟狍子印走，一会儿又与黄鼬足迹同行。沿途遍地松鼠足迹，以及它的大尾巴在雪地上扫来扫去的印迹。还有青鼬刨出的一个个雪坑，貂类的足迹，还有疑似黄鼬的粪便。

归途中看见一排两棵红松上各有一个散趴趴的巢，巢的主人可能是鸮、鹰或松鼠，位置在常走的小路进保护区第一个拦路倒木前方五十步处。拍了几张浆果被鸟儿成串挂在小枝杈上的照片，到底是什么鸟儿干的，没看到，鸟类专家和山里人应该知道，得访一访。

高空中有一只黑鸟飞过，发出"够——够——"的下划音叫声，疑似黑啄木鸟，可惜来不及掏望远镜。

刚进保护区时林子里一片寂静，还以为这是真正的冬天的寂静山林，然而不是，还真有些热闹。头一个碰见的是斑啄木鸟，就在我眼前一株折断的老杨树上，"咣咣"地大声凿啄，我俩相距很近，若有焦距更长的镜头可拍不少好东西。今天看到蜡嘴雀、斑啄木鸟和那只灰松鼠，它似乎认识我，看了我好一会儿才解除警报，飞快地用嘴清理前爪上的松脂。它干一会儿又看看我，发出轻轻的抱怨："咕——噜噜——"像在说："干什么呀，老盯着我……"然后爬上树顶，又跃至我身边这棵树的树冠上，在我头顶转了两圈，仿佛在善意地认认我。然后跃至另一棵树，沿背面的树枝想隐蔽身形往下溜，无奈树枝太细，它长拖拖的身体总有个毛边露出来。下到地面后，往桥边的那条路——我发现的那个敞口钵形巢跳去。

自然文学书单

天依然暖，有朋友来谈了很久，以为我不会回城里来了。是啊，山林深深地吸引我，或者说，原始森林的一切已深入我的骨髓和血液中。

写作仍不能进入正轨，近傍晚决定去"学人书店"，未找到《鹰屯》，他们进这本书屡屡被我以八折买走，可能不盈利，故不再进了。趁周二打八折买了三本书，省十四元多。有惠特曼的《典型的日子》、玛丽·奥斯汀的《无界之地》，还有一本写森林颜色的散文集，这本书来得非常及时。

前两本冠以"美国生态散文丛书"，这套书真不错。还有一套外国的散文集，有里尔克、普利什文等。今天真幸运，尤其买到惠特曼的《典型的日子》，今晚开读。这是我梦寐以求的好书，今冬充实多了。

刚刚看过电影《战争与和平》，父亲当年看过并给我讲过。想念父亲，他一生中用了许多时间、精力在文学上引导我。这种无形的教育和引导，成就了我今天的写作和方向，包括我做人的一些准则。他老人家若活着，会为我今天的生活与写作体验感到自豪、羡慕和激动。

森林歌唱家

今年第一个大冷天，鸟儿们都不大出来，一路都走在熟悉的水渠旁边的水泥路上，这是下雪后第一次走这条路。走着走着，前边惊起一只褐河乌，看上去瘦瘦小小的，它的领地就在提水闸至水泥路这一段一公里左右的地方。看着它迟迟疑疑往上飞去，水泥路的新雪上留有它偶尔落下时的弄雪痕迹和走了小半圈的爪痕。这些不规则的褐河乌爪痕似一幅幅优美的小画，令人心旷神怡。

刚走了几步，便看到另一只褐河乌从上游陡地飞下，与先前的那只在空中相遇。两个在空中发生短暂冲撞，后来的一只从高处往下压，瘦小的这只从下方往上冲，此时对方突然看见我，陡地拔升飞高。这一只见对方让出空当，竟不敢往敌境内逃，而是转个弯迎着我从身边掠过，看来它非常害怕对方。从体形看，后一只褐河乌明显比较大。那只后来者怒冲冲从我头上飞越而过，直奔这个跨境小子逃离的方向穷追而去。褐河乌飞速很快，粗粝响亮的叫声在崖间产生很大回响。所以它俩的这一次交手极其短暂，只一回合虚晃一下，从气势上便分出胜负。守土者个体稍大，且占据地利；入侵者心虚，个体又小，自知无理并忌惮身后有人影跟随，只好沿原路逃窜回家。没想到，这个稍大的守土者竟隐蔽埋伏在水獭粪便处石块的宽缝隙里，等候着伏击来犯之敌，见我几乎近至身边，才陡然飞起回营。怪不得事先那只瘦小的褐河乌看上去有些犹豫，并不大大方方往上飞，时飞时停，原来也是担心进入别人领地会惹起麻烦。

今天让我更高兴的是：走到老博物馆对面时，发现杉树丛里有三四只煤山雀在怯怯地叫，拍了半小时，来到宝山路水泥桥上，忽见一只褐河乌自下游飞来，连续两次快速扎进水里。见我持相机欲拍，它一惊，转身又向下游飞去。哈哈，这里是这条约四公里河段上的第三只褐河乌的领地。这小东西就是入冬后的前几天我在植物园废墟河边看见的那只褐河乌，它穿越紫玉池北湾工地往下游来了。

连续四年看见褐河乌，数第一年收获大，听见褐河鸟的低音鸣啭，似一首柔婉妩媚的情歌，有一次它是栖在那根我叫作"回音歌台"的半圆老树桩里唱的。当时我找了半天找不到那一直绵绵不绝、如醉如痴的歌声发自何处，走到近前才发现它躲在圆形的"树桩剧场"里。到现在我也没弄明白，它是不是有意利用那个木墩的拢音和回声效果来使歌声更醇厚传播得更远，我宁愿相信它懂得这一点，因为白背啄木鸟和斑啄木鸟都懂得这一点。就在今春，我还亲眼看见过绿啄木鸟利用一个半截木桩般的枯树身，贴在空洞处唱歌。

小桥与流水

天大晴，应该会连着三天晴好。

今天听褐河乌鸣啭，几乎就在身边，唱了好一阵子，看见它的小尖嘴在一张一合，很快乐。然后它"价价价"叫两三声，开始入水，原来它会像野鸭那样浮水，打个旋儿便钻入水底。可惜在桥下潜水时我没赶上，不然可拍到它在水底动作、觅食的照片。这个季节的水极清澈，有人在桥上走，木桥轰轰响它亦不惊。那歌声有一种难以形容的味道，像自言自语又像自吟自唱，快乐、连贯、起伏有致，像一首小叙事诗。对了，若写短散文，就叫"褐河乌的叙事曲"，很美的名字哟，与"灰背鸫在黄昏时分的鸣唱"相映成趣。

树的一生

今天想到树的一生，平凡普通无言而顽强，却伟大而尊贵，以它（砍伐）上亿年积淀的成果奉献给地球一份好礼。无论它活多久，它的正常死亡被无人理会，非正常死亡计算成金钱，它是另一个世界——生态世界的主人，却是人类世界的奴隶。它死后的数十年依然挺立，又给了众多虫鸟、菌类栖身及成长之所。它们多在风中倒下，然后开始最后五十年的腐烂过程，其间又造就了无数生物的诞生长大、结籽和死亡，一代又一代，尊贵又无私。等到它彻底回归土地时，它的遗体上必定长满一行整齐的树木，一些在落叶层上无法扎根的树籽在它身上扎下根来，开始长达数个世纪的新生命……

长白山知识手册

牛蒡

菊科，牛蒡属二年生草本植物，有粗大的肉质直根；茎直立粗壮，通常带紫红或淡紫红色；基生叶宽卵形，上面绿色，下面灰白色或淡绿色；小花紫红色，有青草清香；瘦果倒长卵形或偏斜倒长卵形；种子苞为圆刺猬般的球体，每根针刺长长的茎秆上长满微小的毛刺，当动物经过，尖刺顶端的小钩会一齐上来抓住动物的外皮或毛皮，跟着它开始长途旅行。

松鸦

脊索动物门，鸟纲，雀形目，鸦科，松鸦属。中型鸟类，成鸟体长约35厘米。翅短，尾长，羽毛蓬松呈绒毛状。头项有羽冠，遇刺激时能够竖直起来，羽色随亚种而不同，色彩华丽。松鸦是山林鸟，一年中大多数时间都在山上，很少见于平地。

斑鸫

脊索动物门，鸟纲，雀形目，鸫科，鸫属。中型鸟类，成鸟体长约24厘米。体色较暗，上体头至尾暗橄榄褐色杂有黑色；体白色，喉、颈侧、两胁和胸有黑色斑点。喜欢短暂飞扑，叼揪果实。除繁殖期成对活动外，其他季节多成群。

图书在版编目（ＣＩＰ）数据

秋天，走在长白山的落叶中 / 胡冬林著. -- 北京：
天天出版社, 2025. 2. -- ISBN 978-7-5016-2452-2

Ⅰ . I267.1

中国国家版本馆CIP数据核字第2025ST7211号

责任编辑： 郭剑楠　崔旋子 　　　　　　　　　　**美术编辑：** 丁　妮
责任印制： 康远超　张　璞

出版发行： 天天出版社有限责任公司　　时代文艺出版社有限责任公司
地址： 北京市东城区东中街 42 号　　　　　　　**邮编：** 100027
市场部： 010-64169002

印刷： 北京鑫益晖印刷有限公司　　　　　　**经销：** 全国新华书店等
开本： 880×1230　1/32　　　　　　　　　　　**印张：** 4.5
版次： 2025 年 2 月北京第 1 版　　　　　**印次：** 2025 年 2 月第 1 次印刷
字数： 69 千字

书号： 978-7-5016-2452-2　　　　　　　　　**定价：** 33.00 元